搞贤诗稿

李治刚 著

云南人民出版社

图书在版编目（CIP）数据

栖贤诗稿 / 李治刚著. -- 昆明：云南人民出版社，2024. 12. -- ISBN 978-7-222-23283-9

Ⅰ．I227

中国国家版本馆 CIP 数据核字第 2025TZ7655 号

责任编辑：刘　焰
封面设计：朱　月
责任校对：朱　颖
责任印刷：窦雪松
封面题字：马　静

栖贤诗稿
QIXIAN SHIGAO

李治刚◎著

出　　版　云南人民出版社
发　　行　云南人民出版社
社　　址　昆明市环城西路 609 号
邮　　编　650034
网　　址　www.ynpph.com.cn
E-mail　　ynrms@sina.com
开　　本　787mm×1092mm　1/16
印　　张　18
字　　数　100 千
版　　次　2024 年 12 月第 1 版第 1 次印刷
印　　刷　云南优创印刷有限公司
书　　号　ISBN 978-7-222-23283-9
定　　价　48.00 元

云南人民出版社微信公众号

如需购买图书，反馈意见，请与我社联系。
图书发行电话：0871-64107659

☆1991年5月，保山地区烤烟移栽现场会，参观西邑乡育苗情况，向地委书记黄绍智汇报工作

☆在昌宁县与傣族民众共过"泼水节"

☆腾冲·龙陵抗震救灾现场

☆在龙陵县贫困山区调研

☆徒步翻越高黎贡山

☆当年知青又回村

☆讲专题党课

☆在井冈山学习

☆到泰国皇家暹罗大学访问

☆参加保山学院毕业典礼

☆到非洲马达加斯加大学考察

☆与朋友们在潞江勐赫小镇　　　　　　　　☆到湖南岳麓书院参观

☆与张国儒教授出席学术讨论会议

☆享天伦之乐　　　　　　　☆到云南杨善洲干部学院参加活动

☆在呈贡魁阁看书

《栖贤诗稿》序

张国儒[①]

治刚兄《栖贤诗稿》将由云南人民出版社出版。作为多年好友,首先要道喜和祝贺!保山人的又一部诗集问世,作为一介永昌人,一个保山文化人,我深感欣慰:保山,本亦永昌故地,文献名邦,千年文脉,瓜瓞相继,诗教薪火,代有传焉!

2015年,治刚《凤栖诗稿》出版,命我作序。记得我在序文中对作者人生旅程、心路历程及为人为官、人品诗品,曾有过一些谬评。转瞬近十年,他的第二部诗稿又成,仍让我在书前赘言几句。心虽忐忑,也勉为其难地应承下来。私心以为,这不是又一次与治刚讨教切磋的机会吗?领命后,我花了不少时间和精力读完了全部诗稿。这是畅享精神大餐的过程,也是对我们共同的过往岁月的一次系统"倒带"。读罢掩卷慨叹:治刚诗歌内涵之丰、旨意之深、意趣之妙,非我等愚陋之人能轻易领会。特别是治刚数十年来,无论岗位如何变动,身份如何变换,公务如何繁重,世路如何坎坷,但对诗的那份热爱和执着仍痴心未改,他的那种情怀和毅力,更非我等懒散之人所能企及!

保山从来是诗神钟情、眷顾之域。云南著名学者袁嘉穀先生曾这样评价保山:"太保山中,诗教不绝。"他说的"太保山",其实是泛指钟灵毓秀的保山大地;所谓"诗教",指的是正统而多彩的保山

[①] 作者系保山市政协原副主席,保山学院副校长、教授。

文化史。

不说保山悠久的开发史，光是《兰津谣》就由2000多年前的役夫们唱响在保山澜沧江畔。始于明代的大规模戍边屯垦、移民实边和兴文崇教之策，使保山成了集"奥区重镇""滇西粮仓""文献名邦"三位一体的"西南一大都会"。武事、文事并举，道德、文章并重，耕读、诗书并传，成为永昌最美的人文风景。明代永昌士民，战时打仗是军人，农忙种田是农民，农闲写诗是文人。因此，明清时期的永昌府，闻名遐迩，望隆滇云。特别是诗歌成就，可谓"风景这边独好"。如明正统时期汤琮等的"永昌诗社"，是云南成立最早、影响最大的诗歌组织。明嘉靖年间张含六试春官不第，于是便"归太保山，升明诗台，以啸歌毕吾志"，以他和新都状元杨慎为核心，在太保山下、看山楼前的自家花园筑"明诗台"，与乃友杨升庵、乃父张志淳等读书论学、诗酒唱和，一时间永昌成了云南的文学中心。万历年间，南京太仆寺卿、保山进士邵惟中乞恩致仕归田，在太保山下筑"隐园"，与明代戍边参将邓子龙等一干诗友名士流连唱和于太保山中、易罗池畔，留下了大量诗歌佳作。清代保山袁氏兄弟，皆以诗文名世，其中袁文揆、袁文典编纂的《滇南诗略》《滇南文略》实开云南诗文编纂整理之先河，他们的诗歌成就也雄视云南诗坛。保山二府街范仕义，他除了是一个在江浙一带辗转任职、备受官民拥戴的"佛子知县"，还是一个著名诗人，他退隐回保，身不带一芥，只有一部《廉泉诗钞》、若干名帖和良好口碑永留人间。甚至到了清末"腾越起义"前夕，还有万允廉等"隆阳九友"，他们一方面开启民智，倾向进步，另一方面徜徉吟啸在九隆太保、青华北津，给风雨飘摇的保山大地以诗意的光亮和安宁。明清以降，"太保山中"可谓诗家如云、诗作如林。马继龙、闪继迪、刘坊、徐崇岳、王宏祚、盛雯、吴嗣仲、刘树堂（及夫人孔氏）、吴怡、吴协、吴焘、吴式钊、黄万春、顾文熙、万允廉等等，还有任职、旅居，谪居保山的外地官员将士、文人骚客，如杨慎、邓子龙、担当和尚、王昶、赵文哲、赵翼、宋湘、曹鸿勋等，他们如璀璨群星，闪亮在保山历史的天空，再推高保山的知名度和美誉度。

治刚生于保山、长于保山、仕于保山、退于保山，可能还会有好多岁月要老于保山，对保山怀有天然之情感。两部诗集分别题为"凤栖""栖贤"，寓意颇深。凤被称为"百鸟之王"，被喻为盛德之才；贤，指有德有才之人。"凤栖"即凤栖山（又名五福山），"栖贤"即栖贤山（又名大西山），均为屏护着保山学院的文化名山。凤栖、栖贤，既寓有"得天下英才而教育之"之意，又有对"太保山中，诗教不绝"这种古风雅韵传统的自觉绍续和光大。

《栖贤诗稿》选录作者1989年到2022年33年间创作的诗词近四百首，内容涵盖政治、经济、文化、教育、历史、科技、哲学等多个领域，包括咏物言志、怀古咏史、写景抒情、政治讽喻、即事感怀、送别怀人、酬唱应和等不同类型；诗体则古诗、律诗、词、现代诗，几乎无体不有，且不乏上乘之作。其中，较能代表治刚诗词成就和风格的主要有以下几类：

首先是描写和歌颂山川风貌、自然景观的诗歌。作者通过直抒胸臆、比喻、象征、寄托等多种艺术手法，赞美和讴歌山水美景、自然奇观，具有很强的艺术感染力。仁者爱山，智者爱水。治刚性喜山水，对自然山水深怀炽爱、敬畏。在我的印象中，他往往逢山必登，遇水必临，闻幽必观，闻奇必赏。而且每每登临观赏，总有佳篇留记。诗集开篇《初登宝鼎寺》即一首写景托意的山水佳作：

一登宝鼎在春初，万物冬后生气足。
追逐功名正年少，意气风发人醒苏。
双眼远眺南天外，一桥近连东西路。
明知高处风雪寒，初生牛犊怎怕虎。

宝鼎山矗立于保山坝东北部，海拔2700多米，为环坝群峰之最高峰，状如宝鼎重彝，上有名刹宝鼎寺。作者春初登临，感受到了万物复苏的勃勃生机，"春初""冬后""生气"等表现季节变化的词语，具有很强的时代色彩，那正是改革开放大潮鼓荡下中国社会百业兴旺、万象更新的象征；洋溢着豪迈的青春气息，表达的是那一代绝大多数知识分子都怀有的希望投身"四化"建设、报效祖国的理想抱负，可以感受得到治刚早期诗歌中的理想主义基调。《徒步翻越高黎贡山》，生动展现了高黎贡山春景之美，如紫玉烟浓、鸟鸣花醉，还通过一江春水连接古今，用两岸栈道通向云端的描写，把自然的山和人文的山有机融合起来，勾勒出它"人类双面书架"（周勇语）的特征。诗中还抒写了作者在高黎贡山上的诸多感悟，如白发早生看淡功名的超脱，依松傍竹听风沐雨的惬意，以及在斋公房远眺日出东方壮丽景象的畅怀，等等。在作者笔下，高黎贡山充满了无穷的魅力。《游太保山·并赞平场子青松》，写的是与保山人及保山历史关系最密切、感情最深厚的太保山。作者独辟蹊径，突出描写了山顶雄壮的古松："太保山松是谁栽？威武将士一排排。昂首不惧暴雨烈，挺胸何怕狂风来。盘根错节立地稳，遮天蔽日傲江海。从来蛮夷敬之远，忠心守卫在边塞。"将太保山的松树比作威武将士，描绘出其昂首挺胸、盘根错节、遮天蔽日的雄伟姿态，展现出太保山的威严和坚实，同时强调了太保山（代指滇西）在国家战略位置上的特殊性和重要性。另如《龙陵松山祭拜抗日英烈》以滇西抗日战争主战场之一的松山为题，叙写了作者在狂风骤雨中重吊松山战场，缅怀血染松山的英烈，表达了对成千上万为国捐躯的民族英雄的敬意；《到施甸亮山林场又忆善洲老书记》，描写作者重登大亮山，面对茫茫林海缅怀善洲老书记光辉一生的情景，巧妙地将人、山合写，大亮山既是高耸入云、莽莽苍苍的自然群山，又是一座象征着老书记博大情怀、光辉人格的精神高峰。

其次是叙写作者从政生涯、宦海风云的诗歌。这是治刚诗歌与其他一般文人骚客诗歌差别较大的一类诗歌。治刚身上，既有中国传统读书人的"士子人格"，又有现代知识分子的"学者人格"，还有现代领导干部的"官员人格"。三重人格合一，是治刚魅力所在，也是他历经道道险滩、种种诱惑而始终能行稳致远直至光荣退休的人性根源。立身于善、治学于道、居官于德，是治刚始终恪守的做人准则和为官初心。因此，治刚的诗词总是充满正大、善良的芬芳。比如1995年，治刚由保山市委（县级）副书记调任龙陵县委书记，成为主政一方的"封疆大吏"。那时龙陵是典型的集边疆、山区、民族地区于一体的国家级贫困县。其贫困程度之深，经济社会发展程度之低，工作难度之大，让他始料不及。经过艰苦努力，龙陵经济社会得到快速发展。仅一年多时间，治刚人瘦了，脸黑了，头发白了，但因"书生报国"初步实现、"书生转型"初获成功而甘之如饴。《龙陵县就职一年有感》述及此情，颇多感慨：

高山峡谷敢独闯，贫穷落后想扫光。
不惧风雨剥蚀面，只惜青丝染成霜。
一年辛劳怎挂齿，几届耕耘方评谈。
荣辱得失身外事，只愿百姓进小康。

治刚诗品，来自他的人品：平正而奇崛，单纯而丰富，质朴而绮丽。那股来自天地之正气和源自中华之正脉，合流成作者人性的本色，形成了他为官从政的"底线逻辑"，也流布到了他的诗作中。作者从政半辈子，为官数十载，累积起了富于个性色彩的为官经验、为官智慧、为官准则。这类诗带有"官箴"色彩，十分可贵。如《夜读〈周易·潜龙勿用〉感悟》，用《易经》乾卦中"潜龙勿用"的卦象来阐释为官之道，认为当一个人处于仕途困厄、前途无望时，需要的是"伤残舐自血，静寂修精神。阳气要谨藏，见田方说升。需待风雷动，飞龙在天成"，就是要藏阳气、蓄精神、待风雷，既要积极谋动，又要耐心等待。

再次是描写生活雅趣、人间清欢的诗歌，给人以美感和乐趣。海德格尔说过，人生的本质是诗意的，人应该诗意地栖居在大地上。世界本身不乏美和乐，缺少的是审美的眼和审乐的心。治刚善于捕捉现实生活中各种美趣和乐趣，并善于用诗歌的形式表达出来，从而实现了庸常生活的诗化转变。《退隐一年回眸》描写作者的退休生活："朝看红日冉冉升，暮瞧蓝月静静悬。弄孙忘却花甲老，暇时悟道也难闲。"终点即起点。退休，意味着在职生涯的结束，新人生的开始。诗中的朝日暮月，含饴弄孙，演绎的正是这样一个人生哲学命题。《闲暇前往板桥老茶馆喝茶》，从板桥老茶馆喝茶，品出人生百味，"古今品茶同一壶，春秋滋味各自尝"，寻常中寓有人生哲理。《留得雄鸡鸣天下》，是一个关于主人公和一只不速之客——老公鸡的有趣故事。一次，亲友送给作者一只公鸡，然公鸡挣脱逃走。过了很久的一天清晨，作者被窗外雄鸡啼叫声惊醒，原来是那只逃走的公鸡，因"惜爱孤独人"又兀自返回。于是作者被感动了，不再宰杀，"遣君为吾朋"，而且还留它做报晓之用，"称汝谪仙人，留下唱大风"，充满了生活的欢趣，也闪耀着人性的光彩。而《晒太阳》，表面写退休以后悠闲懒散的生活，蕴含的则是人生哲学，其中不乏禅机佛理。根据佛家的说法，人生的本质是苦，苦的根源是不尽的欲望和追求。弃绝名利、返归本真，是断绝苦难和烦恼，获得心灵自由和快乐的根本途径。诗中，作者写到了"晒暖暖的太阳""看天上的白云""看远处的溪水""听自由欢快的鸟鸣"，这些意象就是佛家"观自在"所指的正视、正觉、正念，而诗中反复说"什么也不想"，也是佛家的"心无挂碍""无忧恐惧"的修炼境界。这类诗歌，充满唯美和佛趣，体现了作者对中国传统文化的深厚濡养。

最后是表达对生命意义的反思和感悟的诗歌。《礼记》说："不能反躬，天理灭矣。"苏格拉底说，不经反思的人生是不值得过的。治刚的学者型人格，决定了他对人生价值、生命意义等形而上的命题始终保持探索兴趣。在《退而得休·万事无忧》中，作者写道：

人过中年多思退，江到秋后始见清。
见惯荣华富贵境，听厌湖海风雨情。

胸怀浩然有山水，老眼昏花笑公卿。
美慕神仙多潇洒，渔舟唱晚细雨轻。

表达了作者人到中年后对人生世事的反省及深刻感悟，让人深思。在《退而得休·万事不忧》中，诗人展现了一种豁达超脱的人生态度，读之让人感受到一份宁静与淡然。这种对生命意义的醒悟，对于生活在喧嚣、功利中的人们具有特殊的意义。

以上仅就我认为诗集中别具特色又能代表治刚个人诗歌风格的几类诗歌略作举隅分析，不过是皮毛之见。按西方接受美学的观点，一篇（部）作品功能的实现，需要作者、作品和读者共同完成。所以，治刚诗集所具有的教育、认识、审美功能，需读者通过阅读、体味去实现、去完成，作品中的奥义、妙处，需要读者的灵心慧眼去发现、去感知。

《栖贤诗稿》是一部具有多方面价值，又充满魅力的诗歌作品集，是治刚对生活、对人生、对世界的深情告白，是治刚各个阶段生活状态和人生足迹的艺术呈现。这里有青春浪漫，有壮年豪迈，有中年及以后的沉淀、通透和从容。它让我们看到了一个书生、一个学者、一个官员合体后所迸发出来的生命能量和人格魅力，以及在时代浪潮中的坚守与追求，对国家、对人民的责任与担当，对自然、对历史、对人生的热爱与感悟。在这个喧嚣而快节奏的时代，它如同一股清泉，流淌在人们的心间，为我们带来心灵的慰藉和思考的力量。愿《栖贤诗稿》能够走进更多人的心灵世界，为我们带来更多的感动与启示。

2024年9月初于太保山麓三耕堂

目　录

初登宝鼎寺 / 1

北京香山游览 / 1

秋日游定陵 / 2

到龙陵任职前曾多次梦见温泉 / 2

得豫卦而感 / 3

送程公远行任职 / 3

隆阳七品芝麻官记述 / 5

邦腊掌温泉沐浴 / 5

龙陵县就职一年有感 / 6

阅《旅台同乡回龙陵探亲有感》步其韵而复之 / 6

梦海中群英聚会 / 6

观收藏的香港伊莎头像硬币 / 7

象达"人面竹" / 7

寄情 / 8

参观希腊雅典博物馆 / 8

到希腊、土耳其考察香料烟 / 9

上鸡足山 / 9

赠友杨兄 / 10

夜读《周易·潜龙勿用》感悟 / 10

参加临沧孟定傣族泼水节 / 11

圣洁之地 / 11

永昌酒醉子赋 / 12

千禧吟梅 / 12

重庆宝顶山摩崖石刻 / 13

首次徒步翻越高黎贡山 / 13

又登宝鼎寺 / 14

为窗外虎头兰盛开而喜 / 14

饱览欧洲九国风土人情 / 15

参加德宏景颇族目瑙纵歌节活动 / 15

访迪庆州·览三江并流 / 16

高黎贡山茶马古道 / 16

杯酒释怀 / 17

读姜戎《狼图腾》受启 / 17

陪同参观哲学家艾思奇故居 / 18

初冬腾冲赏梅 / 18

和杨连兄《盆中青树》而作 / 19

梦里飞天 / 19

无题 / 20

到德国谒拜马克思故居 / 20

夜逢特大暴雨 / 21

印尼大海啸祭 / 21

处高不胜寒 / 23

有闲家中观鱼 / 23

无题 / 24

郊外瞿家湾周末散心 / 24

宴请廖女士·赞徐悲鸿先生 / 25

昆明西山秋韵 / 25

夜读 / 26

崇尚君子交 / 26

游千岛湖 / 27

黄昏游慈溪 / 27

游普陀山 / 28

夜登上海电视塔 / 28

看昆山阳澄湖大失所望而不悦 / 28

冬日太保山寻觅 / 29

园中梅树多年后好花方开 / 29

登老龙头 / 30

逛腾冲地摊淘得一玉印 / 30

劝慰怀才不遇之友 / 31

参加市国际禁毒日活动有感 / 31

忙里偷得半日闲 / 31

感叹应酬太多朋友少 / 32

无题 / 32

怒江大峡谷石月亮 / 32

考察澳大利亚、新西兰社会工作 / 33

有感于狗年本命 / 33

听哥伦比亚大学安娜教授讲座 / 33

感叹北大人 / 34

科尔沁大草原 / 34

阅勤内·格鲁塞《草原帝国》感慨 / 35

登河北灵山 / 35

听喜鹊嘻叫 / 36

未名湖畔清晨漫步 / 36

施甸石瓢温泉 / 36

不能忽视的爱 / 37

灾难面前叹人生苦短 / 39

立秋登五台山有悟 / 39

好花为谁开 / 39

中秋夜有感 / 41

秋日周末懒睡 / 41

再登宝顶寺 / 41

梦回禅院 / 42

最冷时又见蝙蝠光临 / 42

参观潞江坝德昂族村 / 43

从政如登山·赠友隆阳任职 / 43

镇边弯·赠友腾冲任职 / 44

怀念恩师赵寸昌先生 / 44

修心·寄友人 / 45

无题 / 45

醉兰香·寄友人 / 45

看望百岁老人偶感 / 46

听张召忠将军课感慨 / 46

民族亲情感怀 / 47

腾冲国殇墓园祭祀抗日英灵 / 47

参加腾冲祭孔典礼 / 47

市政协国庆中秋茶话会诗和妙光方丈 / 48

参悟名利 / 48

草原晨曲 / 49

昌宁县湾甸泼水节 / 49

为永子访杭州广州棋院 / 49

悟道生死 / 50

新疆见胡杨树而被震撼 / 50

到喀什见香妃墓 / 51

倦客归去·送友人 / 51

醒睡有异·不可偏执 / 51

偶得 / 52

参加国家宗教局干部培训 / 52

知天命之年有奇梦 / 53

棋中圣手永昌行 / 53

深秋览宝山禅寺 / 54

春节偶闲花园发呆 / 54

烟台有闲游蓬莱 / 55

访韩国、日本棋院 / 55

收藏得奇石一方·以"孔子问道"命名 / 56

朝中措·荷 / 56

考察金华"金"字火腿企业 / 57

近观曾经的屈辱 / 57

夜游重庆两江 / 58

留得雄鸡鸣天下 / 58

早春飞雁 / 59

袁伟民腾冲之行 / 59

清晨登太宝山过玉佛禅寺 / 60

回访韩国友好市——江陵 / 60

妙法寺前得见富士山 / 60

湖南岳麓书院 / 61

惊夜梦 / 61

翻越高黎贡山逢友人 / 61

两岸高校一家亲 / 62

西湖泛舟 / 62

慕名前往杭州西泠印社偶得 / 63

再次访美感叹 / 63

海峡两岸腾冲公祭远征军阵亡英烈 / 64

陪同两岸退役将军 / 65

杭州灵隐寺永子文化交流 / 65

二十三年后重返保山学院任职感慨 / 67

腾冲云峰山 / 67

参加中国围棋腾冲大赛颁奖晚会 / 67

无题 / 68

悼湘江战役 / 68

滕王阁登后感 / 69

访西安交大·夜梦大唐 / 69

筇竹寺览景 / 70

缅曼德勒山见景 / 70

访泰国几所大学 / 71

盐津豆沙关 / 71

独龙江乡觅情 / 72

乘溜索过怒江大峡谷 / 72

潞江望江楼听雨 / 73

秋游澜沧江 / 73

中央党校高级研讨班学习感怀 / 74

悼袁崇焕 / 74

延安杨家岭瞻仰毛泽东窑洞故居 / 75

谒拜陕西黄帝陵 / 75

独自赏梅 / 75

守岁·喜迎猴年 / 76

把玩"永历"钱币怀古 / 76

龙陵邦腊掌答缅甸爱国华侨友人 / 77

狼牙山拜祭五壮士 / 77

山中竹林散步 / 78

过桐城六尺巷口占一首 / 78

金秋陪友人到腾冲银杏村 / 79

贺龙江大桥开通 / 79

中缅文化周·赠缅总领事吴梭柏先生 / 80

台湾佛光大学来访感怀 / 80

四十年后坝湾红光大队知青返乡 / 81

叹春来去匆匆 / 81

非洲公务回国后·知母担忧心甚不安 / 82

马达加斯加印象 / 82

上海交大培训时·参观钱学森图书馆有感 / 83

惊愕秋天花园红梅盛开 / 83

细雨中游青岛湛山寺 / 84

赞赏绿橄榄 / 84

腾冲叠水河观瀑 / 85

人生在于顺其自然 / 85

观云南陆军讲武堂旧址 / 86

晒太阳 / 86

中缅胞波情长 / 88

又到清华 / 89

清明即咏 / 91

伊洛瓦底江边观景 / 91

读史·感慨有才之人命中苦 / 92

又见栀子花开 / 92

退而得休·万事不忧 / 93

复同学步其韵而作 / 93

乘和谐号高铁感慨 / 94

拾庭园落叶 / 94

浙大学习·两逢台风迎送感叹 / 94

为即将退休而心欢 / 95

卧牛古寺重游 / 95

读其诗书念其担当 / 96

有幸海南南田温泉度假村疗养 / 97

中秋佳节遥寄异国他乡朋友 / 97

大海·心·宇宙 / 98

重阳节·送缅甸友人 / 99

玉溪抚仙湖孤山 / 99

昆明师院80年校庆·同窗相见感怀 / 100

怀念金庸先生 / 100

梨花坞访妙方丈 / 101

人生从自然到坦然 / 101

小雪之感 / 103

保山学院四十周年校庆感慨 / 103

六十花甲得身心解脱 / 105

为华为任正非点赞 / 105

成功的路上 / 106

看望学院老领导 / 107

归隐乐趣 / 107

鹰飞蓝天也终将在山崖上筑巢落脚 / 108

2019年元旦夜读 / 108

南飞雁 / 109

人生如诗如梦 / 110

初春晨睡 / 111

初心不忘应寻根 / 112

亥年评猪 / 113

春节陪老母蒲漂乡下泡温泉 / 114

仓央嘉措逝世312年祭 / 114

读苍雪大师《南来堂诗集》有想 / 115

谒太保山武侯祠 / 116

叹家中一桂树不开花十年 / 116

乘直升机巡天有感 / 117

又过怒江 / 117

春季感怀遥寄友竹虚 / 118

游明子山湖 / 118

大西山栖贤寺 / 119

重返西邑乡 / 120

探寻原解放军64医院旧址 / 120

雨中游七星岩 / 121

寻人有遇访韶关 / 121

游丹霞山仙境二首 / 122

登闽粤南澳岛观总镇府有感 / 123

过潮州怀韩愈 / 124

望港澳珠特大桥 / 125

喜闻龙陵县脱贫 / 125

翠湖晨游 / 126

到施甸亮山林场忆善洲老书记 / 126

白司马花径怀诗王白居易 / 127

观庐山古树 / 127

游庐山黄龙寺 / 128

天池亭远望 / 128

庐山因雾面难识 / 129

品庐山云雾茶 / 129

参观南昌起义纪念馆 / 130

庐山游后不思归 / 130

刚返家乡又忆庐山 / 131

忆潮州安济王灵庙 / 131

昆明大观楼 / 132

千古一相·李斯 / 132

登西山龙门 / 133

朋友相聚昆明茶文化博物馆 / 133

品晋宁菌子 / 134

参观郑和纪念馆有感 / 134

漫步昌宁天堂山原始森林 / 135

忆知青激情岁月 / 135

看老照片忆军旅情缘 / 135

菊之韵 / 136

忆"铁娘子"傅莹中央党校授课 / 136

赠大学同窗好友 / 137

游怒江峡谷感言 / 137

青华海水莲寺览景 / 138

初秋夜雨 / 138

中秋前夕游大理 / 139

赠多年不见之同窗好友李刚 / 139

清晨登山至大宝盖 / 141

秋色满缘 / 141

龙江品尝稻花鱼 / 141

参观云南省博物馆感怀 / 142

孔方兄·中国古钱币 / 142

悄悄的你从哪里来 / 143

华夏论剑 / 144

从湘江到长江 / 145

缅桂花开香不忘 / 147

每过高黎贡山·均赏心悦目 / 147

无题·步了然方丈韵回赠 / 148

山顶欣赏美景 / 148

为庐山李校长摄影作品题 / 148

归隐田园无病吟 / 149

重游金殿名胜 / 149

微风细雨中登栖贤山 / 149

冬月偶感 / 150

一件军大衣 / 150

奇观金环日食 / 151

退隐一年回眸 / 151

寒夜无聊自斟自饮 / 152

烹茶过寒冬 / 152

郊野雨天漫步 / 153

游迎龙寺 / 153

冬月赏梅 / 153

母有奇梦 / 154

2020 庚子鼠年 / 154

元宵节夜 / 154

赞太保山平场子青松 / 155

今日雨水随心访郊外 / 155

山中游览见寺访僧 / 156

喜闻长居海外同窗好友欲归 / 156

闲暇前往板桥老茶馆喝茶 / 157

观宇航员太空访天 / 157

清晨游白庙水库 / 157

欣赏郑板桥《墨竹图》 / 158

赏收藏草花美玉 / 158

以石悟道自成仙 / 159

觅西邑乡补麻村记忆 / 159

鱼洞湖寻静避暑 / 160

朝呈贡文庙 / 160

听友自嘲曾识人不清 / 160

晨游双林古寺 / 161

又读刘伯温《推背图》后有感 / 161

到腾冲司莫拉考察 / 161

清晨花园纳凉 / 162

傣家山村 / 162

王家大山访友 / 162

游碧龙庵寻李根源先生遗影 / 163

题碧龙庵禅院 / 163

赏收藏玉摆件·祝寿献桃 / 164

老好糊涂 / 164

几个老同学端午节聚会呈贡 / 164

回祖籍呈贡怀念慈父 / 165

有惊有险无碍 / 165

参观呈贡"豆腐博物馆" / 165

读《三国志》评司马懿 / 166

翻旧时游楼兰照片叹 / 166

欣赏鹦鹉螺化石 / 167

怀念与父亲下象棋 / 167

"末日彗星"光临地球 / 168

赠普洱茶友 / 168

赞东汉儒将班超 / 169

青华东湖赏莲 / 169

喜有金环葫芦蜂来家筑巢安居 / 170

青田兄邀同学玉溪相聚 / 170

道法自然 / 171

晨曦听风观雨 / 171

读《永思录》怀家乡先辈王宏祚 / 171

第36个教师节感言 / 172

又翻阅老庄书籍后自嘲 / 172

读秦史感慨 / 173

惊于量子纠缠科学理论 / 173

梦境初醒 / 175

观看第七批在韩志愿军英烈遗骸归国仪式感怀 / 175

翻阅收藏艰难时期的各类供应老票证有感 / 176

乘飞机偶得 / 176

美玉赋 / 177

老大归乡叹 / 177

观赏黄果树大瀑布 / 178

重阳节登遵义娄山关 / 178

缘起 / 179

赤水河畔感怀长征红军 / 179

参观女红军纪念馆 / 180

贵州阳明洞谒王守仁先哲 / 180

感叹中国"天眼" / 181

参观息烽集中营革命历史纪念馆 / 181

赏牡丹不忘赞芍药 / 182

秋色盎然意烟浓 / 182

深切怀念彭德怀元帅 / 182

整理儿时照片感怀 / 183

乡愁记忆 / 183

欣赏黄龙玉印 / 183

无题 / 184

致敬孟晚舟女士 / 184

山村年关杀猪饭 / 185

答友人·赋闲感言 / 185

安宁温泉疗养 / 185

游曹溪寺二首 / 186

观安宁螳螂川畔摩崖石刻 / 187

信天游·送友人 / 187

醉夜思 / 187

无题 / 188

感悟莫测人生 / 188

欣赏春秋战国时的两枚钱币 / 188

盼望即将来到的辞旧迎新 / 189

立春清晨登大宝盖山 / 189

望彩云烟霞共春华 / 189

大年初三游戏竟得个"厢"字 / 190

辛丑年新春迎牛 / 190

感叹春花落去 / 191

清晨诸葛堰观野鸭 / 191

阿石寨凤溪玉叶万亩茶园游览 / 191

潞江坝观景·赞攀枝花 / 192

初春园中赏花 / 192

清明杂感 / 193

读《心经》有悟 / 194

独自品茗而气定神闲 / 194

游潞江勐赫小镇 / 195

龙陵松山祭拜抗日英烈 / 195

拜惠通桥 / 196

返龙陵观光感慨 / 197

观天象"三星相聚"而感 / 197

春暖花开也有寒 / 198

春晨花园品茶二首 / 199

读诗感怀陆游 / 199

参观杨善洲精神教育基地 / 200

青华海观候鸟 / 200

无题 / 200

参观呈贡文庙 / 201

登昆明西山龙门 / 201

携友登呈贡魁阁 / 201

把玩收藏的宋徽宗钱币有感 / 202

夕照余晖 / 202

放得下 / 203

悼念杂交水稻之父袁隆平 / 203

渡澜沧江登龙台山·游山顶寺回望永昌 / 203

水寨海棠洼农家乐寻觅 / 204

山野雨后趣游 / 205

春夜听雨 / 205

重上井冈山感怀 / 206

韶山祭拜人民领袖毛泽东 / 206

张家界青岩山见汉张良墓而感怀 / 207

游张家界国家森林公园 / 207

观南海风云变幻 / 208

慕名晨游昆明昙华寺 / 208

看庭院小鸟 / 209

同学聚会 / 209

昆明官渡宝华寺 / 209

雨夜杂思 / 210

叹南唐后主李煜 / 210

庐山仙人洞 / 211

庆祝中国共产党百年华诞二首 / 211

一念去赏荷 / 212

独醉问苍天 / 212

赏余晖夕照·送国儒兄 / 213

观赏收藏的民国时期珍贵纸币 / 213

为杜经寿青华海摄影作品题 / 213

晨曦看花 / 214

静谧养气 / 214

输赢无常 / 214

鉴赏收藏的"兴朝通宝" / 215

无题 / 215

二十年后又读《红楼梦》感叹 / 216

为病逝的同事而伤感 / 216

读《宋史·太祖本纪》有感于赵匡胤传位之谜 / 217

解甲归田即舒心 / 217

满园秋色 / 217

中秋说香 / 218

深秋叹天凉 / 218

老夫之梦 / 219

诸葛偃秋意 / 219

四十年前的军用挎包 / 219

读明永乐帝朱棣传有感 / 221

无涯苦作舟 / 221

陶醉大江 / 223

观《长津湖》电影赞英勇志愿军 / 223

忆访马达加斯加 / 224

洛龙河巡景 / 224

回复桃源兄 / 225

怀念张铚秀将军 / 225

散步于白龙潭 / 225

捞渔河湿地观景 / 226

敬赠老乡校友孙汉董院士 / 226

人世之桥 / 227

高原看云 / 227

何证吾在 / 228

残荷 / 228

读书·藏书 / 228

人生说苦 / 229

大雪感怀 / 229

游览光尊寺 / 230

毛泽东诞辰128周年感言 / 230

滇池睡美人 / 231

林间晓行 / 231

咏空谷幽兰 / 231

飞翔之梦 / 232

耳顺之状态 / 232

寒冬河边晨行 / 233

游晨农印象 / 233

赞中国女足 / 234

打卡网红海晏渔村 / 234

读唐继尧诗集感慨 / 235

呈贡梅子村再寻觅 / 235

大学毕业四十周年感悟 / 236

无题 / 236

偶然翻得1977年高考准考证感怀 / 237

倒春寒聚友 / 237

今夜无眠 / 238

见初高中学生证而感怀往事 / 238

欣赏收藏的古铜印 / 238

友聚醉东山 / 239

春山雨中行 / 239

赞商鞅变法 / 240

看名片兴叹 / 241

人生如寄·赠友人 / 241

梦游终南山 / 241

谷雨偶成 / 242

夜读王阳明《传习录》 / 242

又说乡愁 / 243

夏日荣华 / 243

此生迁徙命 / 244

戏谑退休老友 / 244

墨趣静赏 / 244

难忘师生情 / 245

蓬门疏影·寄友 / 245

欣赏"竹林七贤"玉雕 / 246

怀友 / 246

青华海偶得 / 247

喜有半日闲 / 247

忆善洲老书记捐款保山一中 / 247

春秋感叹 / 248

初登宝鼎寺

　　宝鼎山位于保山市区东北部,海拔2776米,为市区周边最高峰。山顶群峰簇拥,势若宝鼎而得名,清乾隆年间山巅建有寺,曰宝鼎寺。

　　一登宝鼎在春初,万物冬后生气足。
　　追逐功名正年少,意气风发人醒苏。
　　双眼远眺南天外,一桥近连东西路。
　　明知高处风雪寒,初生牛犊怎怕虎。

1989年春初

北京香山游览

　　香山有幸泽润之,烟雨苍茫见彩虹。
　　双清澄清江河清,中秋染红天下红。

1993年10月1日

秋日游定陵

定陵是明代第十三帝神宗朱翊钧（年号万历）的陵墓，坐落于大峪山，建于1854—1590年。

帝王将相逐鹿忙，铁马金戈逞风流。
古今谁见不朽身？只闻老庄牛蝶游。
演尽千秋悲欢戏，落帷百年离合丘。
无疆宽敞何是边，丰碑几时贯春秋。

1993年10月8日

到龙陵任职前曾多次梦见温泉

登达山崖仙境美，仰上俯下雾绵绵，人在半空命运悬。
黑石怪潭温烟起，神汤奇水梦姻缘，脱胎换骨泡温泉。

1994年12月9日

得豫卦而感

鸣谦而后不鸣豫，刚应志行以顺动。
出师建侯天有启，回眸展旗气如虹。
手中有剑何所惧，也敢趋前问苍穹。

1995 年 1 月 6 日

送程公远行任职

才奉钧旨赴龙陵，又闻恩公就曲靖。
未曾报得三春暖，却留涌泉荡寸心。
虽是相隔千百里，更系遥望两处情。
浩然正气存永昌，清风送君跨麒麟。

1995 年 9 月 11 日

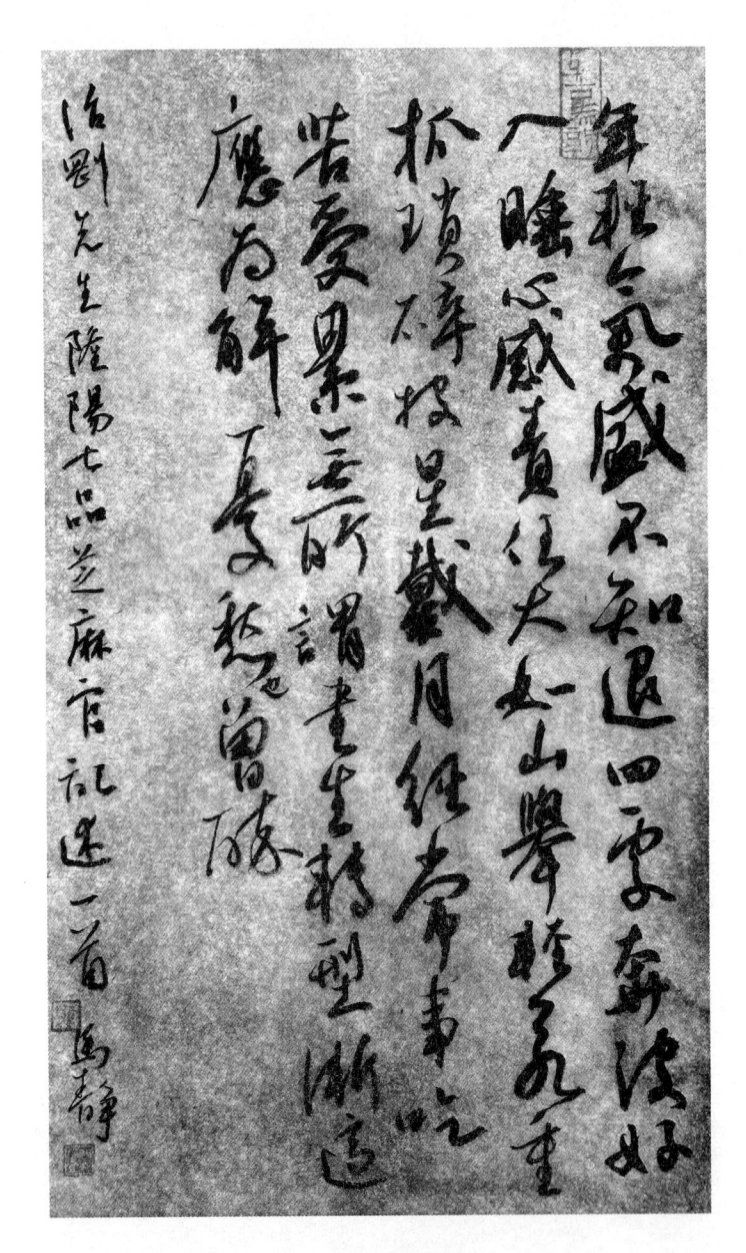

隆阳七品芝麻官记述

隆阳七品芝麻官记述

年轻气盛不知退,四处奔波好入睡。
心感责任大如山,举轻若重抓琐碎。
披星戴月经常事,吃苦受累无所谓。
书生转型渐适应,为解忧愁也曾醉。

1995 年 10 月 23 日

邦腊掌温泉沐浴

　　龙陵县是全国有名的雨城,空气湿度大,易患风湿性疾病,但偏偏又有许多极佳的温泉。繁忙工作之余,能时常一边沽几口本地木瓜酒,一边泡泡天赐之温泉,这何尝不是人生一幸事。

日落夕照吟歌归,凉风热气上下吹,神汤奇水洗苦累。
幸沐天池甘露液,心舒体畅酒梦醉,百病不沾活千岁。

1996 年春节雨中

龙陵县就职一年有感

高山峡谷敢独闯，贫穷落后想扫光。
不惧风雨剥蚀面，只惜青丝染成霜。
一年辛劳怎挂齿，几届耕耘方评谈。
荣辱得失身外事，只愿百姓进小康。

1996 年 7 月 15 日

阅《旅台同乡回龙陵探亲有感》步其韵而复之

离别家园几十年，乡愁无限不得眠。
春风送君归故里，老泪沾襟望炊烟。
世事沉浮难回首，江山代谢有新天。
心分两地皆牵挂，但愿神州共婵娟。

1997 年初春

梦海中群英聚会

大海扬波舰如飞，紫气东来群英荟。
身在小舟望云空，霞光万道如痴醉。
神仙问询答如流，高僧赠谒遇荷辉。
殊荣倍感诚惶恐，尽力竭心报天威。

1997 年 6 月 8 日

观收藏的香港伊莎头像硬币

香港回归前曾几次前往，有意收藏得伊丽莎白头像硬币一百多枚，均为 1958—1979 年之间的，从伍仙至伍圆各种类齐全，以为纪念。

风雨飘摇怜孤岛，肢解割裂情相违。
每看硬币斥强盗，但笑华夏复天威。
香港耻辱百年雪，伊莎荣耀几成灰。
紫荆花开庆回归，明珠拂尘又光辉。

1997 年 7 月 1 日

象达"人面竹"

象达独长人面竹，喜居幽谷沐风雨。
绿鞭但教学子畏，翠黛却使病者愈。
村姑有技做油伞，牧童无意削春笛。
伞庇寒士考秀才，笛吹山水随意曲。

1997 年初秋

寄 情

　　高黎隆嶂，怒龙双狂荡，激起云雨千万丈。黑山白水相望。　书生仗剑赴边，欲与阴霾鏖战。但得豪气舒展，出生入死无憾。

1997 年仲秋

参观希腊雅典博物馆

展眼望，
显华章。
文明古国又一方，
满目经典尽沧桑。

内惊叹。
欲吟唱。
爱琴海峡泛碧浪，
亚欧两洲相依傍。

1997 年 8 月 14 日

到希腊、土耳其考察香料烟

1997年8月中上旬,应美国大陆烟草公司邀请,保山市政府组团代表云南前往希腊、土耳其,对香料烟生产加工产业进行考察。

    万里迢迢亚欧行,如饥似渴满激情。
    文明古国不虚言,所见所闻耳目新。
    曾经繁荣举世瞩,而今昌盛愿聆听。
    扪心自问感不如,奋起直追激中兴。

1997 年 8 月 18 日

上鸡足山

鸡足山实在古印度摩揭陀国,佛经言为迦叶尊者入定处。云南大理亦有山形颇相似,僧俗遂附会。鸡足山寺始建于唐,大盛于明、清,名扬东南亚,是云南三大佛教圣地之一。

    滇南古道路漫长,上得鸡足几千盘。
    有心登高不惜汗,无意艰险怕甚难。
    东观日出西眺海,南看云彩北瞧山。
    随风进殿心生暖,依塔顿感身飞翔。

1999 年 4 月 9 日

赠友杨兄

凤毛麟角军旅情,意气风发步履轻。
无畏陈规开先河,有为图强弃输赢。
河边常走鞋难湿,山崖攀登心不惊。
漫步人生路遥遥,归隐田园了无音。

1999 年仲夏

夜读《周易·潜龙勿用》感悟

潜龙在深渊,时运困孤身。
虫蛇常相戏,狼狈多不仁。
伤残舔自血,静寂修精神。
阳气要谨藏,见田方说升。
须待风雷动,飞龙在天成。

1999 年深冬

参加临沧孟定傣族泼水节

傣族喜居沃地，江河漂酿彩虹。
孔雀仙境飞翔，歌舞铓锣起舞。
卜少莲步轻盈，卜冒歌声激人。
宾客盈门迎亲，村寨绿树掩映。
取回河溪流水，汲得井里甘露。
正当烈日炎炎，衣裙轻薄飘逸。
先是柳枝洒露，犹如蜻蜓点水。
后则倾盆大雨，恰似银河泄漏。
春雨香风扑面，秋波神韵摄魂。
水湿身透清爽，心凉肺腑冷噤。
欢声笑语放浪，男欢女爱纵情。
桃花源中寻梦，孟定湾里忘形。

2000 年 4 月 8 日

圣洁之地

南滇边塞远尘埃，高原云飞呈七彩。
山清碧绿吉祥处，水秀冰雪珠峰来。
三江并流源头地，百鸟争鸣传天外。
世外桃源何处寻，身在其境乐开怀。

2000 年 6 月 23 日

永昌酒醉子赋

历史上永昌人喝酒豪放,男女好杯中之物是传统,明代谢肇淛《滇略》记录得十分有趣:"永昌亦一大都会也,其习尚……乐宴,一日废二百石酿米酒,亭中以后,途皆醉人也。"保山酒文化厚重丰富,酒类品种繁多,喝酒形式多样,喝醉之人,统称为酒醉子或酒疯子。

醒眼朦胧酒瓮空,痛饮方知西是东。
侠客醉拳打不平,名士雄辩狂若疯。
腰缠八百走夷方,搔首四十称老翁。
街头号啕逗英豪,梦里昏睡花丛中。

2000 年秋天

千禧吟梅

世纪之交,春意浓浓,天地开泰,神人相会,其乐融融。

世纪交汇天地和,日丽风和送吉彩,冰山雪化春意来。
千禧之年同共庆,花神柔情谁又是?还是只见梅花开。

2000 年于冬春之交

重庆宝顶山摩崖石刻

　　重庆宝顶山摩崖造像，凿于南宋时期，是当时的著名僧人赵智凤所主持营建的密宗佛教道场。被列入世界文化遗产名录。

　　栩栩如生呼欲出，精美绝伦动心魄，传经布道天界佛。
　　蜕变成神善为本，度劫凡人万般苦，众生礼拜心诚服。

2001 年初夏

首次徒步翻越高黎贡山

　　气宇轩昂无畏惧，翻越高山有诚心。
　　激情澎湃正当时，前途可卜险峻行。

2001 年 5 月 5 日

又登宝鼎寺

二登宝鼎在秋黄,十年艰辛又上山。
果实成熟金灿烂,天道酬勤理应当。
谁能识得石中玉,君主剖开宝放光。
只为哀牢寺内语,累断筋骨愁断肠。

2002 年 9 月 21 日

为窗外虎头兰盛开而喜

几盆冬春虎头兰,今年有喜闻得香。
犹如潜龙暂勿用,略一抬头也辉煌。
花绽历尽风霜苦,叶茂多遭雨雪寒。
节令来时挡不住,如龙在天云中狂。

2002 年 11 月中旬

饱览欧洲九国风土人情

2002年11月，云南省广告协会组织工商管理干部，赴欧洲九国考察市场经济及广告业务管理。

乘鹏跨海赴欧，九国驱车驰游。
巴黎丰盈美丽，罗马文化悠久。
梵蒂冈居中央，摩纳赌城风流。
德国古典庄重，奥地清爽闲休。
比卢自由自在，荷兰包容无忧。
欧盟来去无疆，和平民富国有。
一体同此凉热，正是吾辈所求。

2002年11月20日

参加德宏景颇族目瑙纵歌节活动

目瑙纵歌是景颇族的盛大传统节日，一般表现为征战、凯旋、丰收等庆典仪式。目瑙纵歌意为"欢聚歌舞"，每年正月十五前后，数万名景颇族人聚集于广场，活动规模宏大，极其震撼。

目瑙纵歌景颇狂，喜庆盛典队成环。
激情澎湃将士吼，轻歌曼舞男女欢。
刀光剑影卫家园，血雨腥风保国安。
战死疆场何所惧，但得英烈幸凯旋。

2003年2月15日

访迪庆州·览三江并流

冰山碧玉天境求，情系三江携手流。
赞林寺内若诚心，梅里峰巅神仙游。
万古沧桑瞬间变，千般杂念顿时休。
圣洁之地命又启，雪融化处众生悠。

2003 年初夏

高黎贡山茶马古道

古道越千年，荒野冷清清。
老马负重瘦，樵夫山歌轻。
苍雪苔色深，铁蹄落声惊。
当年喧哗路，如今几人行。
萍踪无侠客，遗落石迹印。

2003 年 6 月 23 日

杯酒释怀

昆仲结早迟，情义有深浅。
相逢春秋冬，缘来喜相见。
茅台五十年，凤爪一百拳。
忆昔痛快事，握手相思言。
杯酒复杯酒，一饮说愁千。
豪情气万丈，侠义冲九天。
不辨醉真假，笑傲舞蹁跹。
号啕歌几曲，壮语乱几遍。
醒醉不待时，迷失人世间。
唯愿长眠去，说是谪居仙。

2003年7月3日于九龙阁

读姜戎《狼图腾》受启

内外蒙古大漠荒，极目无边鹰飞翔。
策马奔腾壮士勇，牧歌悠扬战刀寒。
人欲太盛生态毁，鼠兔狷獗食链断。
自然法则天安排，草原繁荣全靠狼。

2003年8月初

陪同参观哲学家艾思奇故居

艾思奇(1910—1966),原名李萱生,云南腾冲人,代表作《大众哲学》《辩证唯物主义与历史唯物主义》。马克思主义哲学家、教育家和革命家、"党的理论战线的忠诚战士"。

荒漠沉寂一声雷,天降甘露润人心。
大众哲学走民间,马恩思想激愤青。
元龙阁上烟霞起,和顺乡里溪流清。
唤起精英千万万,追求真理延安行。

2003 年 8 月 12 日

初冬腾冲赏梅

岁寒霜露白,晨曦裹素装。
六蝶风中舞,八瓣秀吉祥。
松竹结为友,梅兰来凤山。
雪冰因日化,思泪洒花房。
细听滋润声,婉转唤春光。

2003 年 11 月 17 日

和杨连兄《盆中青树》而作

青树英雄树,随缘最好栽。
达时冲霄汉,穷则盆中在。
大小由天定,伸屈自安排。
但存图腾志,可用即良材。

2003 年 12 月 31 日

附杨连《盆中青树》:

原本参天树,可惜盆中栽。
上不伸霄汉,下不落尘埃。
委屈斗室内,低价任由买。
折断凌云志,叹失栋梁材。

梦里飞天

浊世纷纷尘土扬,梦里轻飘飞天山。
浮游上到神仙界,见得瑶池歌舞长。

2004 年 2 月 14 日梦醒而记之

无 题

喜鹊报喜时，心平如愚痴。
有风不起浪，无怨鸿雁迟。
春秋多曲折，夏冬少吟诗。
曾说天不平，今愧己无知。
名利何所谓，重舒胸中志。
悲欢应随意，逆顺坦然之。
常仰松柏青，笑看朝夕日。

2004 年 2 月 20 日

到德国谒拜马克思故居

2004 年 5 月我到德国考察时，专程前往马克思的故乡特里尔参观。

世界运势成巨变，人类社会进繁荣。
马恩思想论未来，国际共运催潮涌。
资本巨著证必然，宣言雄文敲丧钟。
劳苦大众求解放，砸碎铁链奔大同。

2004 年 5 月 5 日

夜逢特大暴雨

苍穹震怒起风雷，巨浪滔天江海醉。
涤荡人间多恶端，忍允方舟救善类。
谁使大禹治洪水，但教白鸽衔祥瑞。
文明重启新纪元，珍爱家园千万岁。

2004 年 5 月 17 日

印尼大海啸祭

印度尼西亚苏门答腊，2004 年 12 月 26 日发生 9.3 级大地震，并引发几十米高的海啸，波及周边六七个国家，造成 22.6 万人丧生。惊恐大自然变化无常，哀悼死难众生。

惊悚地动并山摇，海啸灾难岛屿漂。
"绿龟"翻身因困长，"神象"抖动嫌烦恼。[①]
水沸百万人鱼食，陆颤千里水连涛。
祸福相倚不可测，生死一瞬谁能料。

2004 年 12 月 30 日

---

① 绿龟、神象为大地，它们稍有动作，就会地动山摇，它们分别是中国、印度的古代传说。

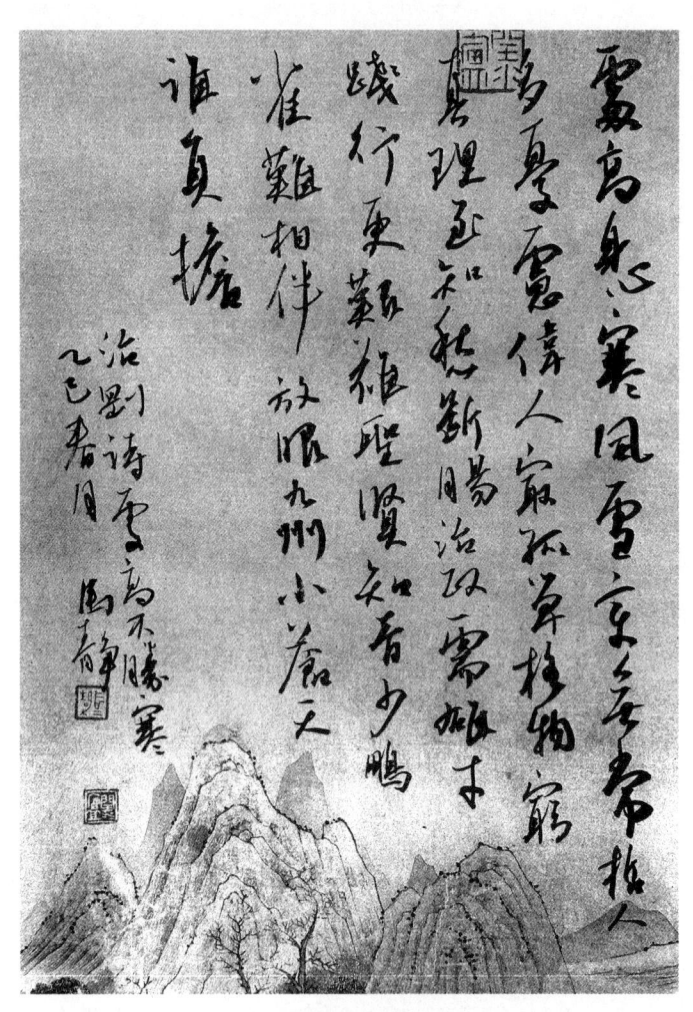

处高不胜寒

处高不胜寒

处高身心寒,风雪变无常。
哲人多忧虑,伟人最孤单。
格物穷真理,至知愁断肠。
治政需雄才,践行更艰难。
圣贤知音少,鹏雀难相伴。
放眼九州小,苍天谁负担!

2005 年初春

有闲家中观鱼

身病在家闲,花园水池旁。
人有琐事苦,鱼无怨气烦。
聪明不得乐,少欲自多欢。
庄子看鱼游,诸葛虑敌忙。
自信身心爽,观鱼可疗伤。
人鱼性可通?悟道心通畅。

2005 年 5 月 26 日

无　题

人各有志路千条，耻以为伍不可商。
老子天生独行客，仰人鼻息无习惯。
休要集蝇身边噪，试着冷眼壁上观。
从此远离狗熊窝，看尔跳梁何下场！

2005 年 6 月 13 日

郊外瞿家湾周末散心

村隐山麓果树密，清风迎客杏花旗。
城里人困厌烦杂，享受美味农家席。

2005 年 8 月 16 日

宴请廖女士·赞徐悲鸿先生

　　徐悲鸿先生是著名的爱国大画家，在抗战时期的1941—1942年，在滇西保山举办"劳军画展"，举办了他最大一次筹赈活动，以支援抗战，并办培训班培养当地人才。时值保山滇西抗战胜利六十周年纪念之际，特邀悲鸿夫人廖静文女士前来。

　　狼烟四起国逢难，画家笔墨胜枪弹。
　　秋风萧立敢昂首，瘦骨铜声无羁绊。
　　愚公移山多壮志，万马奔腾气势旺。
　　哀鸣虽悲思战斗，神骏奋蹄怒飞扬。

2005年8月

昆明西山秋韵

　　秋雨潇潇洒西山，凉风习习吹纱窗。
　　千种寂寞看滇池，万般无奈听风苍。
　　依山临水君何在，但有牵挂路漫漫。
　　中秋月圆人不圆，但愿杯酒相对欢。
　　吟诗作赋你我事，谈天说地赏江川。
　　朗朗月明只孤影，绵绵心思盼来伴。
　　坐论上下几千年，管他地老或天荒。

2005年9月10日

夜　读

奉命参加新晋副厅干部培训，在昆明西山下省委党校学习一月，今夜逢雨不眠。

心空不眠一夜清，秋雨落叶凉风兴。
无事有心多感悟，拥被看书到天明。

2005 年 9 月 25 日

崇尚君子交

生性偏平淡，激情也难高。
尊严不可辱，品行不能摇。
权贵少巴结，只做君子交。
上善诚若水，言行喜低调。
相敬应如宾，宁舍不折腰。

2005 年 10 月 11 日

游千岛湖

来自彩云南，有心看市都。
见山已无趣，尽情览秀湖。
匆匆醉夜到，晓醒还糊涂。
鸟鸣心知晨，眯缝日霞出。
展眼望窗外，原来画中宿。
清风徐面来，湿润鲜气足。
登舟解缆去，波光映云舒。
痴情弄澈影，迷幻放声呼。
唱叹江南美，千岛天上无。
人间有此景，神仙也喜住。

2005 年 10 月 22 日

黄昏游慈溪

慈溪黄昏秋景凉，蒋家故里略显寒。
人车稀少无朝气，不见当年多辉煌。
三面环山青天日，一河流水向西淌。
功过难评盖棺定，龙蛇好辩看天安！

2005 年 10 月 29 日

游普陀山

梦境多次觐观音，今到普陀倍感亲。
法相庄严白云绕，慈悲为怀救世民。
宁不成佛空地狱，只缘菩萨博爱心。
万里来朝祈安好，求得甘露润太平。

2005 年 10 月 29 日

夜登上海电视塔

东方明珠攀一回，登峰造极天宫开。
星光闪烁连天地，人在半空心徘徊。
抬眼看天月亮近，俯瞰璀璨夜上海。

2005 年 11 月 5 日

看昆山阳澄湖大失所望而不悦

小时常看《沙家浜》，心中最记阳澄湖。
　烟波浩渺芦苇荡，渔歌悠然扁舟速。
今看沿岸酒店环，再瞧近水腥油污。
慕名来寻美不得，面对蟹宴食欲无。

2005 年 11 月 5 日

冬日太保山寻觅

老夫兴寻少年迹,树叶五彩寒风逼。
双鬓染霜丝如雪,一种痴心无情寄。
欲说山中有寂静,却见林里百鸟栖。
万物复苏见春芽,岁月悠悠空自余。

2006 年春节前

园中梅树多年后好花方开

初春花开有些迟,自然选择就当时。
当年无心家中栽,今日有意弄新姿。
小霜飘落滋地白,大雪纷飞润天湿。
风寒愈显蜡梅秀,又见嫩芽上新枝。

2006 年春初

登老龙头

老龙头位于山海关南侧的一个临海高地上,形成半岛伸入渤海之中,是长城的东部起点,也是从这里开始逶迤西去。

依山襟海黄龙盘,昂首为势欲飞翔。
根脉千年寻传承,蜿蜒万里觅梦想。
山海关口观气象,老龙头上看汪洋。
风云变幻待有时,碧波翻腾必海疆。

2006 年 6 月中旬

逛腾冲地摊淘得一玉印

印章有缘无意来,何朝书生恨抛开。
功名不取做渔人,富贵视为一尘埃。

2006 年 6 月 12 日

劝慰怀才不遇之友

生不逢时君莫伤,古来寂寞多圣贤。
良马终须遇伯乐,时运不济事难成。
生死存亡无所谓,名利看淡有隐忍。
修身养性也无妨,世间多少布衣人。

2006年6月18日

参加市国际禁毒日活动有感

百年毒魔杀不绝,而今升级演越烈。
沾染成瘾无药救,雨露花季化恶邪。
林公虎门显神威,英雄缉毒真豪杰。
最恨贩者无人性,烟硝不使朝阳斜。

2006年6月26日

忙里偷得半日闲

闲情显然多雅趣,清心逸致少寡欲。
闭目养神梦虚幻,难得寂寞静无忧。

2006年夏秋之际

感叹应酬太多朋友少

无数应酬谁记谁？名片成堆朋友少。
每当有闲忆往日，如数珍珠屈指找。
高朋满座浊酒溢，寡人独品清茶泡。
走遍八方皆熟人，知音难觅影渺渺。

2006 年 7 月 13 日

无　题

光阴近夏秋，江海多漩流。
三山正养眼，五湖任萍浮。
将近红叶季，心随白云走。
告老不到时，还乡愿已有。
只盼得超脱，天外游一游。

2006 年夏秋之交

怒江大峡谷石月亮

奇峰绝壁怪石突，激流险滩映峡谷。
石月高悬照古今，福贡世外傈僳族。

2006 年 8 月 15 日

考察澳大利亚、新西兰社会工作

万里吹长风，一日华澳通。
碧海静无波，云飞幻影空。
暂抛人间恼，领略七彩虹。
远方取真经，造福意应同。

2006 年 8 月 23 日

有感于狗年本命

转眼白发人称翁，常慕山中不老松。
本命属狗四十八，好在心性看得空。
病痛早来上中下，情缘可化左右中。
据说红色能避灾，我信有德运气通。

2006 年 11 月 20 日

听哥伦比亚大学安娜教授讲座

思维敏捷透迷雾，口若悬河显功力，巾帼英豪谱经济。
美中发展数据比，雄狮奋起爪锋利，预警十年谁敢敌！

2007 年 6 月 8 日于北大课堂

感叹北大人

北大林园红墙围，未名湖畔帝王侧。
趾高气扬激情奋，气宇轩昂多龙蛇。
积聚五湖育栋梁，云集四海成国色。
珍贵自应国中藏，似感都喜远洋涉。

2007 年 6 月 13 日

科尔沁大草原

绿野望无垠，蔚蓝连天际。
草原梦驰骋，海洋想游弋。
马儿依稀行，羊群忽飘逸。
荡然人不老，泛情心难归。

2007 年 6 月中旬

阅勤内·格鲁塞《草原帝国》感慨

华夏千年几乎亡，元清二次换朝纲。
秦筑长城本拒蛮，蒙马横行太猖狂。
铁蹄惊醒君王梦，钢刀吓破将军胆。
延续功归同化力，居安思危背脊寒。

2007 年 6 月 19 日于北大图书馆

登河北灵山

早年有梦曾到此，或是居士或弟子。
重游可否因缘到，万里来寻入仙址。
修身本来有愿事，养性也应无境止。
群山重叠尽展头，雪松默念伸手指。

2007 年 6 月 24 日于灵山

听喜鹊嘻叫

北京大学喜鹊成群,实为一道特别亮丽的风景线,每天清晨在叽叽喳喳声中醒来,心情舒畅,不亦乐乎。

别处难见吉祥鸟,勺园常听喜鹊叫,春华秋实环境好。
学子每闻心灵动,如喜连天激情药,翰林墨香京城飘。

2007 年 6 月 26 日

未名湖畔清晨漫步

青塔腾空迎朝霞,石舫乘风将远航。
壮志豪情学子老,难酬秋后天渐寒。

2007 年 6 月 28 日

施甸石瓢温泉

峡谷悬崖挂石瓜,瓜熟蒂落剖成瓢。
天地精华凝温泉,冷暖甘露自然调。
华清池水贵妃梦,琼浆玉液仙子娇。
洁身自爱影幻处,只见云雾常缭绕。

2007 年 12 月 18 日

不能忽视的爱

上苍有时也会忘记了爱
人世间啊
有些人双眼紧闭
不能看见精彩纷呈的世界

上苍偶尔也会忘掉了爱
人世间啊
有的人两耳失聪
不能听到动人心弦的外部世界

上苍有时也会忘却了爱
人世间啊
有的人开不了口
表达不出自己的内心世界

上苍偶尔也会疏忽了爱
人世间啊
有的人无法
戴上温暖的手套
穿上前行的鞋
去踏遍大千世界

能不能让我们
不要责怪父母
不要责怪自己
不要责怪别人
不要责怪事件
这些给人们造成的祸害
可能就是些谁也不想要的意外

真诚地祈祷恳请上苍
给你的亿万子民
更多的保护
更多的关怀

让我们一起去帮助
那些不幸的人
给予更多的关爱
让他们平安健康
不要有奇形怪状
不要有千奇百怪
不要有种种伤害
让所有的人
都能够快乐完美地生存于
这个美好的世界

2008 年初春

灾难面前叹人生苦短

人生草命纸样薄，随时召过奈桥河。
光艳春华如朝露，来去匆匆又如何。
酸甜苦辣皆尝遍，风霜雨雪尽折磨。
生死有命不由己，贵贱无常心自默。

2008 年 3 月 9 日

立秋登五台山有悟

盘旋险峻上南台，势似莲花开层层。
五台峰巅慈云笼，三塔吉祥映灯神。
一股清凉从心起，两眼温润看众生。
人过中年始有悔，除恶扬善心最诚。

2008 年 8 月 8 日

好花为谁开

花喜春风人慕秋，烈酒醇厚郁香浓。
少年不知愁滋味，好花多为中年红。

2008 年 8 月 27 日

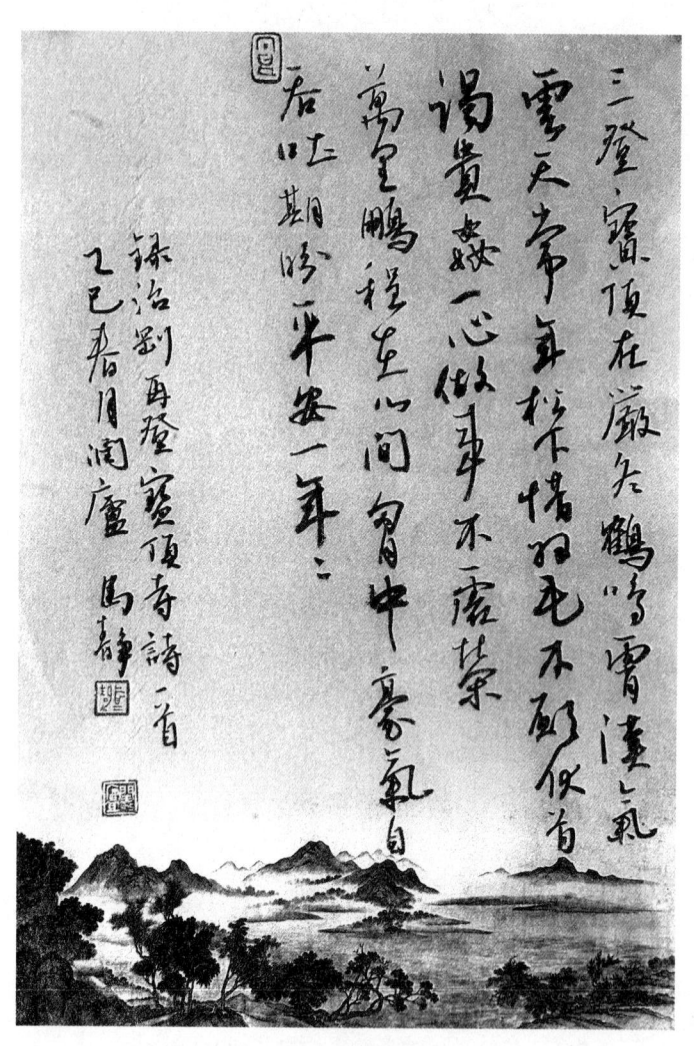

三登宝顶在严冬 鹤鸣霄汉之气
云天常年松柏 情对花不凋依有
调贵淡一心做事不露荣
万里鹏程 至心间曾中豪气自
居正期盼平安一年。

录治刚再登宝顶寺诗一首
乙巳春月润庐 马静

再登宝顶寺

中秋夜有感

天空玉盘圆，地上人不全。
每每几几愁，共望明镜悬。
虽有灵犀通，月饼不觉甜。
对酒本当歌，醉舞寂无言。
苍天生明月，恼煞有情人。

2008 年 9 月 14 日

秋日周末懒睡

鸟鸣催人醒，秋香昏老夫。
难得无事眠，休要声声呼。
红日两头见，横床东西铺。
睡去与死同，就是一肥猪。
懒惰倦怠起，耆酒好一壶。

2008 年 10 月 3 日

再登宝顶寺

三登宝顶在严冬，鹤鸣霄汉气云天。
常年松下惜羽毛，不愿伏首谒贵奸。
一心做事不虚荣，万里鹏程在心间。
胸中豪气自吞吐，期盼平安一年年。

2008 年 10 月 10 日

梦回禅院

　　昨夜有奇梦，梦回远方住持禅院，一如往常。醒来后梦中情景仍历历在目，不禁哑然失笑。

　　　　梦已前世一老僧，合掌阿弥慈悲情。
　　　　曾到灵山叩佛祖，亦趋普陀拜观音。
　　　　听经顿感魂安宁，闻馨自觉魄归心。
　　　　醒来不知身何处，万籁俱寂一身轻。

　　　　　　　　　　　　　　　　2008年11月20日

最冷时又见蝙蝠光临

　　新疆考察"双基"教育回来，在办公室发现一只往生的蝙蝠，于心不忍，让人葬之。

　　　　百觅千寻蝙蝠来，翩翩起舞神仙胎。
　　　　阔别四年又重现，寒冬时节暖心怀。
　　　　升官发财早非愿，但求平安免祸灾。
　　　　积德多为民办事，清心寡欲就光彩。

　　　　　　　　　　　　　　　　2008年12月20日

参观潞江坝德昂族村

边疆色犹艳，山水美愈羞。
百花斗妍放，五彩缤纷尤。
盛世呈繁华，桃园偏远有。
情真意切切，生活乐悠悠。
千载实难逢，万民亦无忧。
民族一家亲，兄弟共追求。

2009 年 3 月 6 日

从政如登山·赠友隆阳任职

如人登山几经盘，雪在险峰不觉寒。
明知博南多转折，自信有为治隆阳。
人心一统泰山移，望眼四海终克难。
历经沧桑云和月，达顶方晓天地宽。

2009 年深春

镇边穹·赠友腾冲任职

书生激情赴边关，满腔热血伴微寒。
春后花红柳绿景，从政历来需克难。
虚名不图应唯实，事业有成须雄胆。
龙川江水多曲折，欲达沧海激波浪。

2009年晚春

怀念恩师赵寸昌先生

  想起赵老师，就自然想到他的博学多才，他的为人师表，他的德高望重，他的鸿儒雅典，他的仙风道骨……我心中，先生宛若仙鹤。

仙鹤落青松，彩虹伴左右。
山峦为其景，溪水为其流。
声鸣闻于野，靡音传远久。
起舞舒雅韵，环视鸡群羞。
惜怜洁白羽，展翅香风诱。
奇瑞驻童颜，尘世九十九。
而今西归去，音容人间留。

2009年2月3日

修心·寄友人

寻愁花落水流红，觅恨泪洒怨春风。
云何应往降自心，修得无念万事空。

2009 年 3 月 26 日

无　题

天马行空独往来，凡人劫难孽缠身。
冷暖自知无处诉，杜鹃泣血一声声。

2009 年 4 月 5 日

醉兰香·寄友人

瓣张吐香丽如芝，情迷花容自不知。
若怨幽兰还怨己，花晕人醉两是痴。

2009 年 8 月 18 日

看望百岁老人偶感

饱经沧桑百岁老，见惯风雨得精奥。
人生长寿有秘诀，心情舒畅无烦恼。
活动适当常锻炼，经络放松睡好觉。
吃斋念佛修身心，营养丰富七分饱。
山清水秀阳光照，环境优美空气好。
家庭和睦儿女孝，社会稳定祸乱少。
遗传基因不可求，行善积德现世报。

2009 年重阳节

听张召忠将军课感慨

和平必是战中求，以静制动不自由。
战火硝烟随时启，纸上谈兵玄机牛。
云海翻腾四洋怒，风雷激荡五大洲。
骨质疏松需补钙，进退自如任遨游。

2009 年 9 月 13 日

民族亲情感怀

民族兄弟本一家,华夏繁荣开百花。
平等相待同谋福,携手共进看彩霞。
血浓于水怎可分,文化融合显奇葩。

2009年9月18日

腾冲国殇墓园祭祀抗日英灵

风起云涌旧战场,出生入死铸辉煌。
滇西抗战扫顽敌,劫后重生仇难忘。
烈士超升天界去,倭寇堕狱身不翻。
罪孽深重敌跪拜,涂炭血债永世还。

2009年9月18日

参加腾冲祭孔典礼

极边之地花香浓,文化传承却不同。
悠悠岁月存古韵,荡荡清华启新风。

2009年9月28日

市政协国庆中秋茶话会诗和妙光方丈

其一

金秋金桂金华堂,黄谷黄菊黄衣裳。
僧俗和曲共一歌,其乐融融话衷肠。

其二

太平盛世显华章,同舟共济天道黄。
齐心协力商大计,共愿天下永吉祥。

附妙方丈诗:

八月秋风透襟凉,青松兰花扑鼻香。
天上明月祝华诞,人间能仁聚华堂。

2009 年 9 月 29 日

参悟名利

月冷夜深人已痴,息心屏气方静思。
白天忙碌神气散,晚间睡下斩凡丝。
起身难停逐名利,卧床才觉近生死。
明朝醒来知还在,不醒又有谁伤之。

2010 年 1 月 18 日

草原晨曲

琴声悠扬伴晨光,草原因缘绿和蓝。
空阔无边清爽气,身心愉悦醉天堂。

2010 年初夏

昌宁县湾甸泼水节

天女散花丽云香,彩虹长空连碧江。
孔雀飞舞呈吉祥,甘露圣水洒傣乡。
象脚鼓响情悠然,欢歌笑语喜洋洋。

2010 年 4 月 15 日

为永子访杭州广州棋院

永子文化源远长,墙内开花墙外香。
听得远方有真经,万里迢迢逐梦想。
棋院恢宏数广州,园林幽雅看苏杭。
启迪心智为国粹,喜看家乡美名扬。

2010 年仲夏

悟道生死

最难生死关,看淡应修行。
天寿不需贰,死去何来惊。
皮壳如旧衣,换去又有新。
但愿庄严身,只包善良心。

2010 年 4 月 20 日

新疆见胡杨树而被震撼

胡杨树,生存在沙漠之中,活一千年而不死,死一千年而不倒,倒一千年而不朽,其精神令人动容。

大漠见胡杨,扎根在荒凉。
生死三千年,何惧黄沙狂。
倔强守尊贵,血性护坚强。
奇才天忌妒,弃之戈壁滩。
高傲伴孤独,低调少张扬。
活时精气旺,死去神不散。
红颜怎薄命?皇冠戴残阳。
何时材尽用,广厦千千万。

2010 年 5 月 22 日

到喀什见香妃墓

远离家乡愁万千,香妃传奇几百年。
和田有玉美自然,天山冰冷雪生烟。
中南海里波潋滟,西北塞外风沙连。
爱恨两难因无缘,落叶归根情可怜。

2010 年 6 月 16 日

倦客归去·送友人

厌倦江湖欲思归,萍踪沉浮道心微。
远离功利是非地,潇洒自在笑几会。

2010 年 6 月 23 日

醒睡有异·不可偏执

《楚辞·渔父》曰:"举世皆浊我独清,众人皆醉我独醒。"十分有哲理,可醒睡则不尽相比。

众人皆睡我独醒,孤独无聊数星星。
众人皆醒我独睡,梦里寂寞冷清清。
不如半睡以半醒,有人总是伴我行。
醒睡更替交复有,方合自然万般情。

2010 年 7 月 13 日

偶　得

山水间，
清风拂孤村。
寻觅天涯何处远，
巍岭流泉甚销魂，
荒野不见人。
寒雨处，
凭栏观霾云。
闲忆平生尴尬事，
犹见无奈苦容，
叹诸事无成。

2010 年 8 月 15 日

参加国家宗教局干部培训

奉命参加在北京十三陵养怡山庄举办的为期十天的分管宗教市长培训。专家教授，高僧讲课，静心研讨，收获颇丰。

群山环绕秋雨清，避暑消炎灵气兴。
潜心研修养雅性，境界渐高悟更明。

2010 年 9 月 20 日

知天命之年有奇梦

昨梦山川有沉浮,不惑时节展粗喉。
中年有喜心若水,恰如金秋田园走。
放眼多看丰收景,挥手更登香满楼。
寒气将来虽不远,既然崇勇少说愁。

2010 年 10 月 10 日

棋中圣手永昌行

棋中有圣手,应邀保山行。
因名京都来,见宝仍震惊。
永昌出永子,世界皆驰名。
英雄配宝刀,好棋赠卫平。
选手约相聚,环顾是精英。
沙场无硝烟,更重友谊情。
静观战将法,柯斧仍然新。
上古神仙多,喜往偏僻郡。
青华海波碧,永子楼胜景。

2010 年 10 月 13 日

深秋览宝山禅寺

沙河碧水寒,海子烟雾重。
老叶霜染色,新蝶飞半空。
半山呈翠微,垭口起凉风。
红墙隐约见,古庙几声钟。

2010 年 11 月 16 日

春节偶闲花园发呆

园内独坐闲发呆,日晒身暖瞌睡来。
迷糊梦蝶如庄公,迟钝时空无色彩。
忘却尘世悲欢事,不思余生酱醋柴。
醒睡生死任飘浮,魂不附体自由哉!

2011 年 2 月 5 日

烟台有闲游蓬莱

游览青岛，惊叹蓬莱的华贵艳丽，难怪神仙喜聚于此。

昔日战火狼烟台，今朝锦绣花遍开。
文化乐章谱新曲，山清水秀民开怀。
常年雾霭润景城，四季和风吹碧海。
喜逢盛世太平日，神仙多聚在蓬莱。

2011 年 6 月 1 日

访韩国、日本棋院

永子芳名海外扬，顶礼膜拜在日韩。
惊艳源头活水来，如痴如迷醉贪欢。
江陵市长笑脸迎，东京大竹喜若狂。
见得棋子颜如玉，观赏抚摩泪汪汪。

2011 年 8 月 12 日

收藏得奇石一方·以"孔子问道"命名

彬彬有礼显谦虚,孔圣问道重学习。
老子张嘴露玉口,传授哲理方法奇。
舌头柔弱依旧在,牙齿刚强早无迹。
刚柔相济当然好,以柔克刚明太极。

2011 年 6 月 12 日

朝中措·荷

云南省政府在文山普者黑组织召开民族工作会议。夜无眠,遂清晨早起,四周观景。

水清怕污黑泥汤,清高命凄凉,一个飘零孤身,万般冷淡心肠。　湖中明月,绿叶荷塘,夜风暗香,任暴雨打残。见东边霞光。

2011 年 7 月 13 日

考察金华"金"字火腿企业

云南省政府组织相关单位干部,集中去浙江大学进行"个私企业发展"主题培训,其间考察品牌企业,收获颇丰。

金华火腿誉如金,情深义重礼不轻。
抗金宗泽成祖师,战争需求诚可信。
清香扑鼻脑开窍,艳美诱舌口生津。
千年一腿品牌盛,可与宣威齐步行。

2011年8月8日

近观曾经的屈辱

再次访美,去了哈佛等五六所知名大学,并同时参观了各大学博物馆,让我惊愕不已的是,里面陈列着从我国各个历史时期掳掠来的无数奇珍异宝。还要听美专家关于巧取豪夺的得意讲解。

羞见国宝别处藏,心如刀绞冷泪弹。
泱泱华夏文物史,匆匆越洋西方看。
长城有痕蛮族猖,海疆无防列强狂。
大好河山遭盗虐,珍稀宝物落他乡。

2011年9月7日

夜游重庆两江

夜游长江、嘉陵江，被美景迷惑……

洪崖洞府火锅烫，酒烈驱寒登锦船。
黄昏过后江如镜，灯火阑珊星辉煌。
朝天码头解缆去，乘风破浪游两江。
疑似九天银河泄，人间烟火赛天堂。

2011 年 12 月 1 日

留得雄鸡鸣天下

龙年春意浓，团圆乐融融。
晨醒不愿起，忽闻鸣声雄。
惊悚窥窗外，花园彩霞涌。
雄鸡石山站，高歌引颈东。
忆家无养物，此公何来拢。
细思方知晓，亲友有礼送。
漏网僻静处，无险今吟诵。
合掌感天恩，怜悯慈悲中。
惜爱孤独人，遣君为吾朋。
称汝谪仙人，留下唱大风。

2012 年春节

早春飞雁

　　我居住之地,恰好是雁飞之通道,春秋两季早晚,见雁群空中过往,听呼叫声之不绝于耳,感万物生存之艰辛……

　　　　群雁蒙然暮雨飞,九岭夜寒也欲归。
　　　　嘎嘎约唤失散伴,旷旷四野无音回。
　　　　北枯冰冷无栖处,南茂地暖有鱼肥。
　　　　而今忙碌思无暇,老去闲话徒伤悲。

2012年2月6日

袁伟民腾冲之行

　　国家体育总局原局长、中国女排前主教练袁伟民,在四川体委主任朱玲(前女排队员)陪同下到腾冲考察。

　　　　排坛驰骋建奇勋,大将威猛率精军。
　　　　巾帼英雄勇连冠,所向披靡世界惊。

2012年4月3日

清晨登太宝山过玉佛禅寺

斜月西留曙色晴，残云东横晨曦明。
雨后古庙梵音绕，绿树掩映翠鸟鸣。

2012 年 5 月 21 日

回访韩国友好市——江陵

万里飞越赴江陵，一衣带水两市情，把手言欢共交心。
文脉相融灵犀通，喜见永子颜如玉，惊艳四座倍感亲。

2012 年 5 月 29 日

妙法寺前得见富士山

富士山高悬半空，妙法寺前见真容。
休眠静谧岁月好，何必醒来急争峰。

2012 年 6 月 3 日

湖南岳麓书院

学脉千年弦歌长,根深蒂固荫绿潭。
赫曦台上贯古今,爱晚亭旁枫叶黄。
人才荟萃不穷尽,望楚湘江入海洋。

2012年6月25日

惊夜梦

昨夜奇梦座椅坏,醒来反思颇觉怪。
悟得官场不可恋,趁早跳出三界外。

2012年6月30日

翻越高黎贡山逢友人

茶马古道喜相逢,携手共行登斋峰。
无奈前路各东西,远听江涛同来风。

2012年7月6日

两岸高校一家亲

两岸三校在腾冲共建大学生社会服务基地,北大校长周其凤、台大校长包宗和、云大校长何天淳,喜聚保山腾冲举行基地挂牌仪式。

两岸高校一家亲,虽隔波涛也相邻。
华夏文明根叶连,共育学子血脉情。

2012 年 7 月 10 日

西湖泛舟

夏日,孤身前往西湖,雇一叶小舟,远离尘嚣,泛荡波中,独乐幽静。

岸上人喧如蚁忙,湖中飞雨轻舟泛。
浪起烟雾遮寒山,远处也闻荷花香。

2012 年 7 月 17 日

慕名前往杭州西泠印社偶得

独游西湖漫无边,傲然孤山在眼前。
园林精雅景致幽,泉石映带径通天。
摩崖题刻气恢宏,文物珍宝满湖烟。
有幸收得红运印,喜不自禁欲疯癫。

2012 年 7 月 18 日

再次访美感叹

女神入云端,双塔望碧海。
曾经理想国,容客天下来。
初访叹天堂,眼亮心澎湃。
再来廿年后,世贸亦不在。
有意寻神韵,已觉难朝拜。
今日又环视,举止令人哀。
谁想风水转,帝国已老态。

2012 年 8 月 20 日

海峡两岸腾冲公祭远征军阵亡英烈

2012年9月初，海峡两岸退役将军聚集腾冲，参加由云南省佛教协会主办，腾冲协会承办的"抗日远征军阵亡英灵祭祀活动"，感受颇深。

两岸本是一家，同胞聚集凤岰。
纪念远征胜利，恭迎亡灵归来。
当年携手抗战，而今共祭英才。
七十周年过去，遗骸多在疆外。
刻骨铭心不忘，泪请逝者回还。
万人空巷而出，高士云集祭台。
鼓号导灵方位，经声引魂释怀。
佛道儒皆同心，超度金身不坏。
祈祷烈士安息，敬请供品位牌。
鲜花奉献先辈，诚然顶礼膜拜。
焚香青烟缭绕，悲怆凄凉乐哀。
英雄佑我中华，永记屈辱年代。
陆台退役将军，誓言同仇敌忾。
待得他日来临，试看淹倭东海。

2012年9月7日

陪同两岸退役将军

千秋碧血怎能忘,两岸将军共畅谈。
退役不是难堪事,若是灭倭召必还。
孤军奋战终取胜,同心协力必克难。
江山一统复兴业,携手并肩铸国强。

2012年9月9日

杭州灵隐寺永子文化交流

任尔胸中有日月,光芒不照谁人知。
善恶心中是非辨,黑白分明天地争。
行善别人储己福,积德自我消他灾。
佛法无边勤修身,棋谱有序养性真。

2012年10月10日

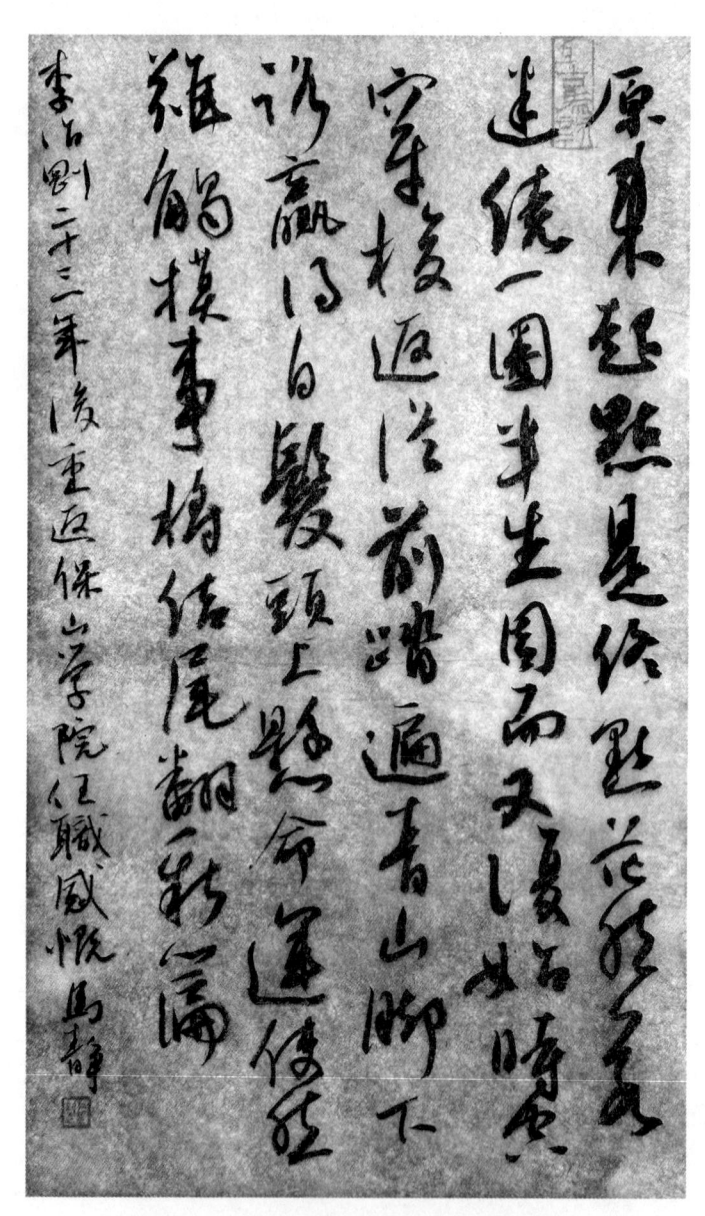

二十三年后重返保山学院任职感慨

二十三年后重返保山学院任职感慨

原来起点是终点，茫然若迷绕一圈。
半生周而又复始，时空穿梭返从前。
踏遍青山脚下路，赢得白发头上悬。
命运使然难触摸，欲将结尾翻新篇。

2012 年 10 月 1 日

腾冲云峰山

庙在千峰最高层，险峻近天欲飞腾。
随时放眼无极处，容易悟道成高僧。

2012 年 10 月 16 日

参加中国围棋腾冲大赛颁奖晚会

风云际会烟霞升，高手云集极边城。
黑白两道响惊雷，刀光剑影于无声。

2012 年 10 月 26 日

无　题

幽谷尾关生毒疮，惹是生非道不畅。
忍无可忍长受罪，深感百疼此最难。
蜂蜇蝎叮锥刺股，撕心裂肺刀断肠。
胜过难产几重愈，顽疾铲除心喜欢。

2013 年 1 月 20 日

悼湘江战役

第五次反"围剿"失败，苏区丧失，只能长征，而长征中最惨烈、惨痛的就是湘江战役，使中央红军从出发前的 8.6 万人锐减至 3 万人。吾今过湘江，停车悲而悼之。

被迫长征，多封锁，重兵阻挡。军令下，杀声震撼，尸堆成山。卅万筑阵堵不住，千百战船激巨浪。血如霞、染透了湘江，卷残阳。

悼英烈，歌悲壮！虽苦难，锻辉煌。忆井冈朱毛，伟绩初创。瑞金事业正蓬勃，苏区成果毁一旦。幸遵义、领袖又掌舵，转为安！

2013 年夏初

滕王阁登后感

阁高入清云，登上目晕眩。
眺望江远去，往事涌眼前。
雅儒喜风月，空谈越千年。
江山多更替，志士宣豪言。
古往诸英雄，此楼多相见。
高处可极目，写得好诗篇。

2013 年 4 月 30 日

访西安交大·夜梦大唐

宫花圆枕入睡香，时空交错到大唐。
繁花似锦惊盛世，醒来还记玉环裳。

2013 年 8 月 10 日

筇竹寺览景

蜿蜒山路步步高，林壑幽深谷斜长。
满目苍翠湿润地，筇竹飘逸寺风光。
石雕天鸟仙鹤飞，园艺雅致显自然。
碑刻楹联书文秀，壁画龙凤呈瑞祥。
饱含禅意启人醒，如醉品味细欣赏。
五百罗汉千姿态，千万人间各类样。
灵动气韵神色栩，蜚声中外令惊叹。
古木参天花草香，身心爽彻人忘返。

2013 年 8 月 16 日

缅曼德勒山见景

瑶池天境居众仙，神圣多半喜人间。
坚信真善升荣华，但疑丑恶沉深渊。
佛法无边创奇迹，人力有限难胜天。
沧海横流显本色，半生匆忙半生闲。

2014 年初夏

访泰国几所大学

2014年5月中旬，保山学院组团访问了泰国帕纳空、吞武里皇家大学以及暹罗大学，加强了相互了解，建立了友好的合作关系。

太阳升处亚细亚，山水相伴是一家。
美丽天堂醉心扉，佛光照耀蓝天下。
文脉传承需教化，携手合作看彩霞。

2014年仲夏

盐津豆沙关

豆沙关古称石门关，位于云南省昭通市盐津县，为古代由蜀入滇的第一道险关，位置特殊，关隘险要，声名远播……

雄隘豆沙关，居高望云川。
携友攀僰道，险峻五尺宽。
千里系丝路，万丈峭壁环。
马蹄印青石，铃声响远方。
慕名前来游，古迹果辉煌。
神韵依旧在，险境余残阳。

2014年8月初

独龙江乡觅情

看惯风月只关卿，山高水长赤子心。
人神共居边缘处，寻得独龙爱国情。

        2015 年 4 月 22 日

乘溜索过怒江大峡谷

绝壁险峰纵身赴，身轻如燕飞峡谷。
腾云驾雾知何去，风声鹤唳江涛呼。
人生有梦愿不醒，猿啼无奈愁欲哭。
到达彼岸三声啸，捶胸顿足周身舒。

        2015 年 4 月 23 日

潞江望江楼听雨

倦卧听雨透心凉,万念俱灰感无常。
远眺山水茫然处,忘却自己在何方。

2015 年 7 月 3 日

秋游澜沧江

秋深云气爽,友约游澜沧。
山间林尽染,江清如大蓝。
垂钓有随意,漫步无愁肠。
水中鱼正肥,农家乐品尝。
走遍南北地,方外难居长。
风景这边好,出去就想还。
早嫌声名累,老夫恋家乡。

2015 年 10 月 15 日

中央党校高级研讨班学习感怀

战旗飘飘指向东,熔炉烈焰分外红。
淬火成钢弃杂质,提升品位存贞忠。
不唯栋梁锻脊梁,只把公仆铸心中。
为民甘做铺路石,坚毅正直如青松。

2015 年 11 月 30 日

悼袁崇焕

袁崇焕(1584—1630),明万历年间大将军,时任蓟辽督师,屡取得抗清大捷,因清皇太极施反间计,而被崇祯皇帝下诏磔死柴市,明遂亡。其子袁承志却成为金庸笔下"碧血剑"中之主角,广为人知。

威猛独身镇辽东,强满徘徊怯胆。明朝依然好河山。孤城虽艰难,仍固若金汤。
惜昏君不明就里,轻信蜚语中伤。售尽磔肉刀千万。长城自毁去,读史泪满裳。

2015 年 12 月 18 日

延安杨家岭瞻仰毛泽东窑洞故居

陕北风雪漫天狂,窑洞门前不觉寒。
红星照耀贯长虹,迷茫之际指方向。

2016 年春

谒拜陕西黄帝陵

问祖寻根黄帝陵,人文始祖得亲近。
古柏森森参天护,太液潾潾大地浸。
轩辕沧桑五千年,华夏风雨亿万心。
三跪九叩热潮涌,落叶归根赤子情。

2016 年春

独自赏梅

寒冬园里梅花开,君子有约何不来。
望眼欲穿绿吐萼,爆竹声催红破胎。
无情娆风扫白雪,有意残花落青苔。
榭楼亭上走几回,春暖花开独自猜。

2016 年春

守岁·喜迎猴年

守岁静在家,围炉聊闲话。
祖孙只三人,平时多牵挂。
山茶艳而娇,蜡梅雪中花。
爆竹声声响,惊飞过冬鸭。
喜庆迎春雨,润物无声哗。
信息皆祝福,猴年早芳华。

2016 年 2 月 7 日

把玩"永历"钱币怀古

永历是明昭宗皇帝朱由榔的年号。清兵入关,吴三桂投降,带兵攻入云南后,又进缅甸抓永历帝回昆明,于翠湖边的篦子坡亲手用弓弦将永历绞死。

古钱几枚永久留,把玩悲叹明朝休。
篦子坡前遗人泪,痛骂吴贼不知羞。

2016 年 6 月 1 日

龙陵邦腊掌答缅甸爱国华侨友人

曾在松山共赋诗,相隔万里一心思。
家贫不改酬国志,位卑更有发奋时。
异国多生秃鹫恶,他乡每对老鹰嗤。
人生不遇寻常事,醉倚东篱念故知。

2016 年 6 月 13 日

狼牙山拜祭五壮士

在北京大学参加中组部举办的干部培训,其间有现场教学,前往狼牙山区考察,沿当时小道,登上山顶,拜祭八路军烈士。

燕赵健儿轻生死,气吞山河谱新篇。
纵身一跃易水寒,愿化雄鹰翔云间。
苦难总能铸辉煌,艰辛却可锻利剑。
壮士声威震顽寇,但教星辰换新天。

2016 年 6 月 28 日

山中竹林散步

翠绿养眼郁葱葱，风姿绰约栖凤凰。
摇头摆尾迎雅士，弯腰低首不虚狂。
板桥画图多顶礼，居易咏诗满琳琅。
都说帝君多怨恨，潇湘泪痕也斑斓。

2016 年 8 月 16 日

过桐城六尺巷口占一首

传说清朝大学生张英，接桐城老家宅基地纠纷信，要求家人息事宁人，后退三尺。此举感动了叶姓邻居，也后退三尺，成为六尺小巷，传为美谈。

六尺小巷，千年典范。
人往人来，众口夸赞。
大度能容，国之宰相。
互相尊敬，礼仪谦让。
各退一步，天阔地宽。
有德之事，美名永传。

2016 年 8 月 16 日

金秋陪友人到腾冲银杏村

银杏本是树中王，铺天盖地尽是黄。
层林尽染秋韵足，荣华富贵显华章。
山清水秀引雅客，国色天香诱凤凰。
但凡到得银杏村，返老还童不知还。

2016 年 11 月 26 日

贺龙江大桥开通

云南龙江大桥位于保腾高速，于 2016 年底开通，全长 2470.58 米，是当时亚洲最大悬索桥，气势磅礴壮美，令人心驰神往。

一桥飞架如彩虹，东西相连今贯通。俯瞰大江成溪流，仰望飞龙舞苍穹。创奇迹，千年梦。惊叹国力气恢宏。翻江倒海意从容，喜看腾云显神功。

2016 年年底

中缅文化周·赠缅总领事吴梭柏先生

2016 年 12 月初,保山学院邀请缅甸仰光大学等七所高校,以及北京经贸大学等国内六所高校,在保山举办中缅文化周活动,取得圆满成功。缅驻昆总领事吴梭柏先生给予了全力支持。

胞波情怀山水连,友谊绵延赖有缘。
几经风雨见彩虹,一江春花色更绚。
君爱德佑文璀璨,吾羡蒲甘佛光妍。
和睦相融化禅修,尚须兄弟共斡旋。

2016 年 12 月 8 日

台湾佛光大学来访感怀

台湾佛光大学于 2016 年 12 月初应邀来访保山学院。佛光大学成立于 1993 年,由佛光山星云大师创办,是一所研究型的、极具人文精神的大学,所取得的成就得到了广泛的社会认可。

两岸一家亲,滇台应同心。
本是同根生,合作喜相迎。
文脉共传承,携手好同行。
千山难阻隔,万水寻知音。

2016 年 12 月 8 日

四十年后坝湾红光大队知青返乡

风华正茂是当年，如今老来身已闲。
五味杂陈忆往昔，七彩缤纷衣着鲜。
江水诉说青春逝，高山为证暮云悬。
人生弹指倏忽过，时日虽短记心间。

2016 年 12 月中旬

叹春来去匆匆

边极春发早，桃花盛开放。
怒江水绿波，攀枝艳红燃。
悦君鲜颜质，望君情意长。
往昔同池鱼，今成两树鸟。
哀哀长鸣鸣，夜夜达五晓。
流水不可回，行云难重找。
可望不可即，雁叫听音了。

2017 年春晚

非洲公务回国后·知母担忧心甚不安

五九儿子非洲行，八五老母心最忧。
儿走千里母不安，方悟母在不远游。
儿念老娘扁担长，娘挂儿女比路远。
人生岁月万般难，有母陪伴乐悠悠。

2017 年 7 月 15 日

马达加斯加印象

马达加斯加为非洲第一大岛国，以盛产各类宝石闻名遐迩。应马国前总理邀请，率保山学院考察团回访，举行中非珠宝研究会成立暨挂牌仪式，协助筹建珠宝学院。

岛国风光旖旎，美景奇妙多彩。
真是仙山福地，果然天外蓬莱。
遍地珠光宝气，满目蓝天碧海。
少见高楼机器，只显和谐生态。
所谓先进发达，不如悠然悠哉。

2017 年 7 月 10 日于马达加斯加

上海交大培训时·参观钱学森图书馆有感

破网归来路茫茫，精忠报国为典范。
鞠躬尽瘁克万难，大羿煅箭战漠荒。
昔筑长城拒匈奴，今拥两弹射天狼。
国之重器赖元勋，教敌从此不敢狂。

2017 年 7 月 26 日

惊愕秋天花园红梅盛开

家有老梅，忽于秋季盛开，惊讶不已，不知何由，特以文记之。

红梅开在秋，惊诧是何由？
闻香见娜姿，亲芳似醉酒。
如冬还将至，花神两次游。
不解君何意，喜后还有忧。
降临心欢畅，愿仙得永留。
说梅开二度，兆得好风流？

2017 年 8 月 26 日

细雨中游青岛湛山寺

　　有幸住依湛山而建的海边疗养院，与寺庙为邻，听寺钟声声，沐海风习习，令人心旷神怡。

　　　　晨曦钟声响青塔，登山顿觉身心爽。
　　　　朴初贤德书法秀，地藏诞辰法会场。
　　　　每进寺院感清凉，只因香客名利忘。
　　　　海风吹松涛涛吼，天雨落庙滴滴响。

　　　　　　　　　　　　　　2017 年 9 月 20 日

赞赏绿橄榄

　　　　野外橄榄勃勃长，天地精华任尔餐。
　　　　果实肥大口中嚼，汁浓津多满嘴酸。
　　　　阴阳调和打冷战，五行运转入田丹。
　　　　生态山水看不够，还喜绿枝呈平安。

　　　　　　　　　　　　　　2017 年 9 月 30 日

腾冲叠水河观瀑

腾冲叠水河瀑布，是世界上唯一的城市火山堰塞瀑布，崖壁上排列着柱状节理群，瀑高近五十米，为腾冲著名景观。

水从宝峰来，崖断成悬崖。
壑深百余尺，轰然十里外。
飞流从天降，雷霆震胸怀。
丝沫赴面润，细雨眯眼眙。
四季雪花飘，一览喜徘徊。
火山成瀑布，柱状栋梁埋。
此为盈江源，面向南亚开。

2017 年 10 月 8 日

人生在于顺其自然

山静穆而高远，心闲逸而泊淡。
禅意浓而性悦，鸟倦飞而知还。
爱致恨而失欢，情缘末而言满。
钱够用而不贪，酒半醉而舒畅。
细雨绵而气爽，诗初成而痴狂。
天地人而和弦，得自然而吉祥。

2017 年 10 月 15 日

观云南陆军讲武堂旧址

　　创建于 1909 年 9 月的云南陆军讲武堂,在中国近代史上有着特殊的意义,声名显赫。

百年武堂仍威风,历经沧桑不改容。
坚忍刻苦育战将,叱咤风云元帅重。
废帝亡清举大旗,讨袁护国立殊功。
气贯长虹国内外,光照千秋看大同。

2017 年 10 月 18 日于翠湖

晒太阳

暖暖地在晒太阳
什么也不想
呆呆地
抬起晕乎乎的头
看天上白云
在懒散地飞扬

暖暖地在晒太阳
什么也不想

傻傻地
眯着疲软的眼睛
看着远处的溪水
在缓缓地流淌

暖暖地在晒太阳
什么也不想
昏昏地
任随着耳朵的感觉
听那自由欢快的小鸟
在动情地歌唱

暖暖地在晒太阳
什么也不想
静静地
让无聊的时空
带着迟钝的魂魄
飘荡去遥远的地方

2017年11月12日

中缅胞波情长

1

我在高黎贡山
君在广阔的平原
高山峻岭的厚重
一马平川的柔肠
让我们守望相爱的血缘

2

我居江之头
君居江之尾
山水一脉紧相连
胞波一往情深
共饮一江水的渊源

3

远古祖先的迁徙
从喜马拉雅的雪山
走向富裕温暖的海边
亲密的各民族啊
都是兄弟姐妹血脉相连

4

你仰慕的是高山流水
我钟情的是源远流长
歌舞升平的欢颜
吟唱的是手足情深
总是唇齿相依的诺言

2018年初夏于缅甸曼德勒

又到清华

曾参加中组部、省委组织部（省高校工委）组织的几次清华学习，感收获颇丰，于是又带领保山学院处级以上干部前往培训提升。

水木筑清华，芬芳国色香。
京都繁花地，地脉风水旺。
紫气升腾处，虎踞蛟龙盘。
古树近参天，园内满栋梁。
有幸成学子，可惜秋叶黄。

2018年1月17日

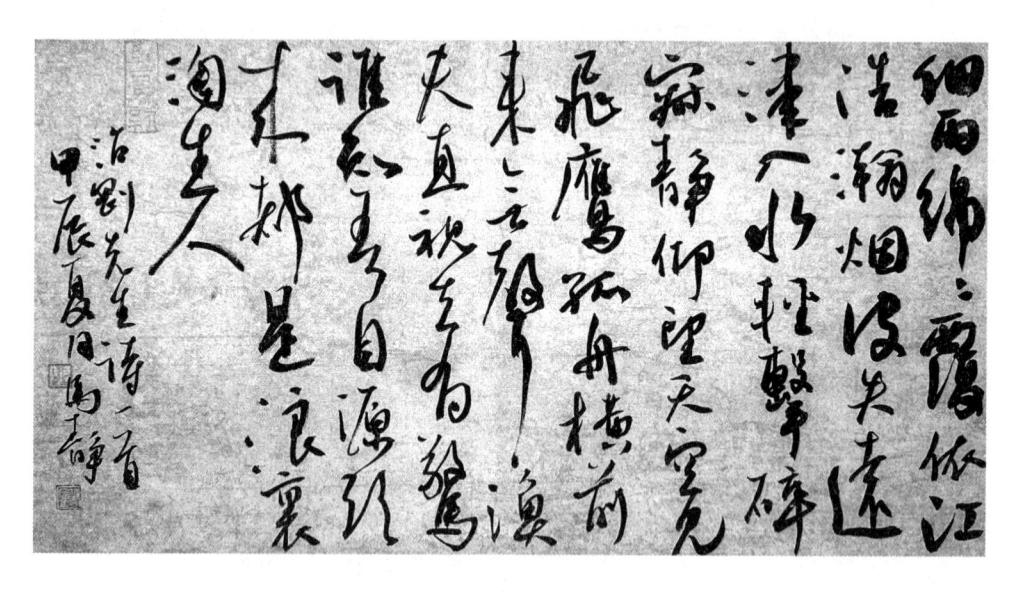

伊洛瓦底江边观景

清明即咏

天暗黑云飞,春雨清明欣。
深山多行人,白花显山青。
绿柳坟前插,欲跪泪满襟。
天地阴阳界,关联只因亲。
人神既相会,暂了思念情。

2018年4月6日

伊洛瓦底江边观景

宿于缅甸伊洛瓦底江边的林中宾馆,清晨醒来,推窗远眺,山水相连,美景满眼,急趋江边。

细雨绵绵覆依江,浩瀚烟波失远津。
轻击江水碎寂静,仰望天空见飞鹰。
孤舟横前来无声,渔夫直视去有惊。
谁知吾自源头来,都是浪里淘生人。

2018年5月初

读史·感慨有才之人命中苦

树大招风是必然，能人遭嫉本就该。
懒汉无忧多有福，俊杰烦恼避不开。
时运好坏由天定，优劣高低自安排。
经纶满腹济世才，喜怒哀乐凭谁裁？

2018 年 6 月 13 日

又见栀子花开

姿美如仙尘不染，冰清玉洁淡淡香。
素颜迷恋心欲醉，怎不令人年年想。

2018 年 6 月 16 日

退而得休·万事不忧

将要退休,内心极喜,想身心终可解脱,专享天伦之乐,随感觉行事,后半生,将会是另一种平淡的生活方式……

人过中年多思退,江到秋后始见清。
见惯荣华富贵境,听厌湖海风雨情。
胸怀浩然有山水,老眼昏花笑公卿。
羡慕神仙多潇洒,渔舟唱晚细雨轻。

2018年6月20日

复同学步其韵而作

高校书记、校长前往浙江大学培训,有同学知我又到浙大,遂以诗相嘲。

常游西湖白头翁,听惯丝竹闻惯风。
孤舟一叶远娇娘,清心寡欲书丛中。

2018年7月23日

乘和谐号高铁感慨

风驰电掣一瞬间,腾云驾雾快成仙。
时空穿梭可调控,沧海横流知变迁。

2018 年 7 月 23 日

拾庭园落叶

庭园细雨掉彩叶,飘逸飞舞似蝴蝶。
叶惊秋至因惧冷,早归大地避寒节。
应知花木随自然,不忍践踏勤拾捡。
却恨懒人只观赏,落叶不扫待风来。

2018 年 8 月

浙大学习·两逢台风迎送感叹

每到江浙沿海地区考察、学习、疗养……总会与台风相遇,却又正常往来,相安无事,似与之有缘。

浙大培训实奇妙,前后台风呈祥瑞。
天人感应一点通,心灵震撼总相随。
"安比"从容海洋来,"云雀"不迫陆旋回。[1]
命中注定得风度,运势有常太深邃。

2018 年 8 月 3 日

---
[1] "安比""云雀"分别为两个台风的名称。

为即将退休而心欢

寓形宇内能几时,何不欢心去不留。
解甲归田无所束,马放南山任自由。
欲效古人登高啸,还慕诗仙临江游。
烦琐俗事休烦吾,天伦之乐美悠悠。

2018 年 8 月 6 日

卧牛古寺重游

半山林中金鼎下,碧云瀑布玛瑙箐。
少时曾抽随缘签,老来笑悟始会心。
卧牛有恩人出家,凤凰无眠金鸡鸣。
不韦迁来可返去,北眺长安望帝京。

2018 年 8 月 16 日

读其诗书念其担当

担当大和尚，云游滇西南。
本姓唐名泰，安宁富家郎。
应试总不第，饱学空喜欢。
书师董其昌，拜佛云门禅。
结友徐霞客，声名已远扬。
扶明参兵事，沙定州败乱。
身在禅林寺，心存社稷堂。
复明希望破，桂王由榔亡。
鸡足山蛰伏，苍洱庙中藏。
逸于三窟外，儒冠名更响。
青灯黄卷里，描梅画竹忙。
寻师访友去，觅览美江山。
山南豹吞雾，塞北神雕狂。
未老自称翁，竹杖撑忠汉。
傲骨清霜影，见过再不忘。
百姓皆为友，书画可换饭。
布衣裹老僧，严冬不惧寒。
晨钟撼其心，暮鼓击隐伤。
激情多忧愤，正气仍凛然。
都赞诗书好，仁爱更愁肠。

2018 年 8 月 20 日

有幸海南南田温泉度假村疗养

儋州边远出名泉，有缘疗养在南田。
椰林温馨润海风，金沙凉爽戏波间。
汤比华清润肤腻，泉如热海催人眠。
浴罢如仙醉意蒙，经络疏通人永年。

2018 年 9 月 20 日

中秋佳节遥寄异国他乡朋友

天涯咫尺因月明，中秋两地共相映。
嫦娥广寒宫廷舞，洒下人间桂花情。

2018 年 9 月 24 日

大海·心·宇宙

"山竹"台风的光临
海南岛的风采
亚龙湾的富态
天气变幻莫测
波涛汹涌天地洗牌
云海翻腾心潮澎湃

不平静的大海
不平稳的天空
一个人眼中的有限
一个人心中的无奈
可看见多维空间
可感觉到黑洞开怀

由海纳百川想到包容
览宇宙浩瀚悟得大爱
空间应该承载过去
时间可以下载未来
心之狭小装不下一粒尘埃
心之博大装得了整个世界

2018 年 9 月 26 日

重阳节·送缅甸友人

燕迁伊洛江，丝窝在南方。
秋风拂细雨，暖波推碎浪。
首尾难相望，远离万仞山。
家乡金菊黄，喜庆又重阳。
异地一孤人，难道不思还？

2018 年 10 月 17 日

玉溪抚仙湖孤山

瀛洲孤山冠南洲，天下奇景望眼收。
琉璃万顷峰独耸，美玉晶莹碧波透。
老僧暮色叹秋雨，小舟朝霞渔网收。
孤山不与群山连，绝壁寂傲烟雾稠。

2018 年 10 月 18 日

昆明师院 80 年校庆·同窗相见感怀

卅六年后喜相逢，依稀难记旧颜容。
老眼昏花影蒙蒙，豆蔻芳华去匆匆。
牵手多问别后事，附耳细说当初萌。
春秋风霜额头写，岁月蹉跎多峥嵘。

2018 年 11 月 2 日

怀念金庸先生

惊悉金庸老先生 10 月 30 日驾鹤西去，享年 94 岁，伤感不已。忆青年时，酷爱其作品，常四处搜集，读时，常通宵达旦，手舞足蹈，浮想联翩……

武功全无，柔弱相公，却创江湖时代。世间高手、各门各派，皆归泰斗统率。实东方不败。看刀光剑影，恩仇情怀。侠肝义胆，善恶分明，醉风采。

激几代人痴爱。写成人童话，梦幻世界。洛阳纸贵，影视多彩：武林铁血沧海。惜盟主不再。怜群龙无首，粉丝悲哀。人间留君不住，往桃花岛外。

2018 年 11 月 3 日

梨花坞访妙方丈

晚秋菊花香,漫步进庙堂。
晨曦鸣翠鸟,青藤爬红墙。
微微风拂面,淡淡一庭霜。
地僻花自瘦,院偏草自长。
经磬声渐响,居士正焚香。
光彩明亮处,方丈僧袍黄。

2018 年 11 月 18 日

人生从自然到坦然

小时候感受到的一切
都是那么自然
天地那么小
父亲就是天
母亲就是地
儿童的天真烂漫
整个世界都充满了阳光
一切都是那么天然

青少年的生活太美好
有的是旺盛生命力
有的是漫长岁月

可以大声为无忧无虑而歌唱
心中充满激情
快乐无烦
对未来憧憬向往
风华正茂神采飞扬
只想去摘取天上的星星和月亮
人生处处生机盎然

走到了中年
万事缠绕在身旁
生活太丰富
生命太精彩
现实又是那么让人彷徨
但始终认为
各种好运会迎面而来
始终对将来抱有希望
想着只要拼命奋斗
就可以实现心中美好的理想
就能得到那成功的勋章
但又开始感觉到了万事的偶然

进入了老年
经历了人生太多
风风雨雨的考验
生生死死的磨难
对万事万物的原委也可以一目了然
终于感悟到了一切原来都有个必然

有了看透而不看破的心凉
有了能面对尘世变幻莫测的突然
于是就有了处变不惊的淡然
于是就有了平静如水的坦然
知道了天命就该是如此
人生的一切
不过就是个自然而然……

2018 年 11 月 20 日

小雪之感

自然有气节，岁月催我忙。
小雪已感寒，时令不温暖。
苦辛应少食，宜补营养汤。
春秋甲子过，身心须静养。
围炉饮红酒，抚琴吟诗狂。
无话找话说，雪后春在望。

2018 年 11 月 22 日

保山学院四十周年校庆感慨

华诞庆典不惑年，八方宾客贺于前。
桃李芬芳遍西南，老少边穷做贡献。
栖贤山下欢歌舞，永昌会堂庆团圆。
回首往事多艰辛，展望未来少悠闲。

2018 年 12 月 8 日

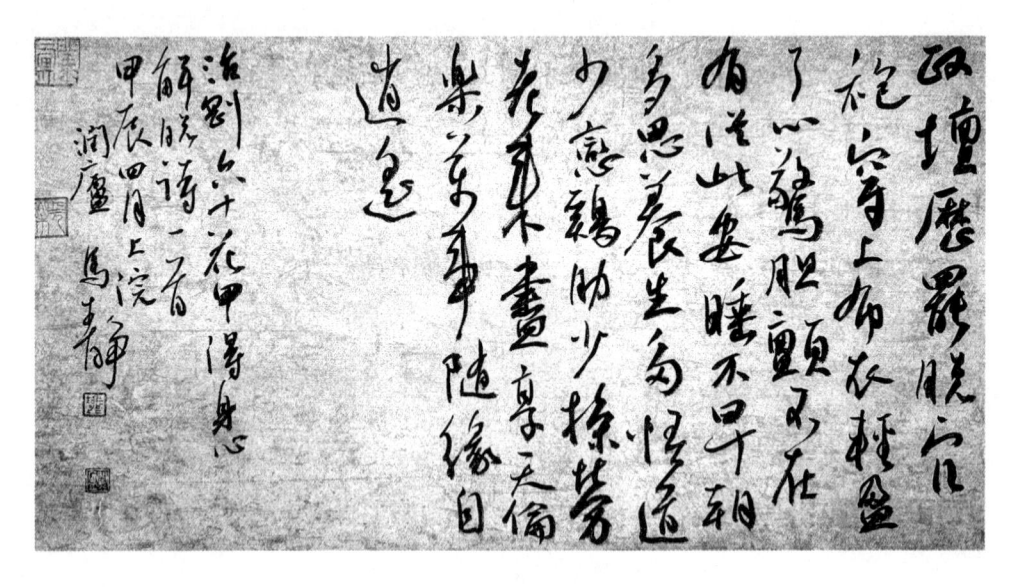

六十花甲得身心解脱

六十花甲得身心解脱

政坛历罢脱官袍,穿上布衣轻盈了。
心惊胆战不再有,从此安睡不早朝。
多思养生多悟道,少恋鸡肋少操劳。
老来共享天伦乐,万事随缘自逍遥。

2018 年 11 月 21 日

为华为任正非点赞

今日之华为已成为全球最大的电信设备制造企业,全球第二大手机制造企业,并在 5G 等多个技术领域独占鳌头。保山学院今日与之合作,成立华为保山学院信息与网络技术学院,实为荣耀。

中华有为赞华为,领先世界展大鹏。
激荡四海共寰宇,耕耘五洲济苍穹。
任凭秃鹰垂死虐,正逢蛟龙天网通。
非是中国欲争霸,实为红日正升东。

2018 年 12 月保山学院校庆日

成功的路上

人生奋斗的路上
并不拥挤
只是太多人
选择了懒惰
成功往往给了勤劳的人

人生拼搏的路上
并不都是惊险
只是太多人
充满了恐惧
成功往往给了勇敢的人

人生奋发的路上
并不全是苦难
只是太多人
缺少那份忍耐
成功往往给了坚强的人

人生前进的路上
面临许多选择
只是太多人
有了那种犹豫
成功往往给了果断的人

2018 年 12 月 26 日

看望学院老领导

功勋卓著已称奇,历经沧桑举大旗。
默然一念老去无,大浪淘沙金存宜。
心中正气充寰宇,桃李不言咏新词。

2018 年 12 月 28 日

归隐乐趣

两岸山峰雾渺茫,一叶扁舟怠卷帆。
从此轻松离宦海,更拒邀约任高参。
春秋静养宜赏花,夏冬活动好爬山。
乐陪祖孙享天伦,有闲赢得蝶梦长。

2019 年初春

鹰飞蓝天也终将在山崖上筑巢落脚

羡慕大鹰飞得高,翱翔天际不得了。
须知处高也艰辛,狂风暴雨多飘摇。
蓝天风光只一时,落地平淡险情少。
风雨之前彩虹后,兼而有之才逍遥。

2019 年初春

2019 年元旦夜读

昨下午约国儒兄等友共聚,今上午得知张兄返家后兴奋不眠,并赋诗一首相赠。我随即口占一首和弦乐之。

昨夜老夫也在忙,寻得好书懒在床。
退休不想上班事,独熬通宵已习惯。
不为书中颜如玉,只求脑袋少缺残。
老骥伏枥酒后狂,早起清晨看太阳。

2019 年元旦

南飞雁

南飞雁
南飞雁
追求生活不知倦
飞越崇山峻岭
看过沧海桑田
知道了生活的艰辛
感受了苦辣甘甜

南飞雁
南飞雁
追寻幸福巡个遍
经历了南来北往
起落过江河湖堰
了解了何处有美食
哪里好把子孙繁衍

南飞雁
南飞雁
追随同伴找到恋
风雨的洗礼
困苦的磨炼
才有同甘共苦的体验
终身相依的不变

南飞雁
南飞雁
追逐梦想不知厌
万里风光尽收眼
旖旎无限都能见
终不悔
对美好生活的向往
永不弃
对未来目标的惊艳

2019 年初春

人生如诗如梦

人生如诗如梦
今是春来
虽经夏秋
明将冬去
万物生长皆循环

晒晒无限春光
享享当下花香
感受点自由自在
修掉些痴心妄想

任由皮囊多变幻
美丽动人花好月圆
皆大欢喜
丑陋残身风霜苍凉
也不悲伤
朝来暮去不惊慌
春去秋来本自然

万物生长总要回还
凤凰也会火中涅槃
人也终究要摆渡到达彼岸
难道还想迷恋
那可是旅行的期望归宿
永恒的美好天堂

2019 年初春

初春晨睡

脱去官袍一身轻，如释重负浮云行。
春还有寒被窝暖，懒散恋床不愿醒。

2019 年初春

初心不忘应寻根

长大了长高了
但不能忘记根在哪里
走远了走长了
但不能忘记初心在哪里

虽然树越长越高
虽然人越走越远
即使是触及了云端
即便是看到了大海
忘记了根的人会不安
忘记了初心的人会迷茫

树根的长度
决定了树干的高度
人的初心
决定了人走的距离

如果现在你可拥有一片蓝天
如果当下你能获得一湾碧海
不忘的仍应是根本
不变的仍会是初心
永存的依旧是真情

2019 年初春

亥年评猪

据研究，河南舞阳胡贾村发现家猪骸骨，证明华夏养猪已有9000年的历史了。

天界爵位元帅荣，净坛使者终近佛。
十二生肖有芳名，若论奉献也不输。
舍生取义牺牲大，赴汤蹈火不争禄。
虽说受辱遭讥讽，但讲旺财夸耀足。
甲骨文中有记载，陶瓷玉器成艺术。
上古八戒野性大，勇士持械才敢逐。
食而弗爱亦交之，爱而不敬禽兽乎？
屋下无豕难成家，以食为天怎可无。
与人关系密不分，杀身成仁众口福。
红白喜事总想它，喊天呼地忍受屠。
浪花淘尽九千年，百姓享用内心服。

2019年2月5日

春节陪老母蒲漂乡下泡温泉

逍遥自在今有闲，喜陪老母泡温泉。
神汤秀水身心爽，舒筋活骨病无缘。

2019 年 2 月 5 日

仓央嘉措逝世 312 年祭

仓央嘉措（1683—1706），六世达赖喇嘛，门巴族，西藏历史上著名的政治家，诗人。《仓央嘉措诗歌》为其代表作，影响深远。

喜怒哀乐性情人，圣洁菩萨另类神。
倜傥少年惊世俗，风流才子骇凡尘。
僧家诗歌谁能及？禅修文化万丈深。
一河清流雪峰来，天上人间自心成。

2019 年春雨时

读苍雪大师《南来堂诗集》有想

苍雪（1588—1656），法名读彻，明末清初云南呈贡人，云南各名山寺院皆有其足迹。四十八岁入主苏州支硎山中峰寺，著名僧侣诗人。

高僧未承想，天地本有时。
君诗山中写，吾在书中识。
月亮有圆缺，地旋只因日。
时差四百年，空跨九万尺。
诗情你吾共，画意你吾知。
思想连古今，说什见迟迟。
长河上下游，五湖只一池。
虽隔几百年，梦里共品诗。
若真有穿越，与君讨茶吃。

2019年3月12日

谒太保山武侯祠

太保隆西岳，古松皆栋梁。
武侯祠面东，卧龙迎朝阳。
西南曾叛乱，遣将镇边关。
知有吕凯守，功绩丞相赞。
诸葛亲征讨，平定稳边疆。
百姓敬若神，四季祭庙堂。
祠堂成都最，其次数永昌。
进殿诚意拜，感风出羽扇。
每读出师表，常常泪湿裳。
为相是首位，为神亦闪亮。
上下几千年，永恒是典范。

2019 年 3 月 22 日

叹家中一桂树不开花十年

庭院金桂彩云栽，雨落云飞花不开。
但见绿叶不见花，却有百灵枝头在。
歌喉婉转人迷醉，曲调悠扬独徘徊。
偶闻幽丝香如故，惊喜春夜梦醒来。

2019 年 3 月 23 日仲夜

乘直升机巡天有感

有幸应友相邀,乘西南护林防火直升机,协助巡视蓝天,同时也感知他们工作百倍之艰辛和危险,充满敬意。

不离大地怎知高,背负青天任自遨。
失重才知人轻松,身轻如燕在天飘。
九霄云外寰宇宽,四海承风乐逍遥。
凡人羡慕化羽去,神仙高处忘烦恼。

2019 年 3 月 26 日

又过怒江

往来过江几百遭,波浪起伏笑辛劳。
青春汗水洒田野,半生心血祭洪潮。
蓦然回首尘埃绝,感叹倦身气力少。
换有俸禄如烟雨,赢得沧桑付惊涛。

2019 年 3 月 28 日

春季感怀遥寄友竹虚

春去留不住,花好情人护。
珍稀越难久,老叟空忆无。
思君放一歌,音波撼山谷。
沉浮几十年,酒多踩云雾。

2019 年晚春

游明子山湖

山水朦胧半云湖,风雨飘摇一舟孤。
烟波斗笠寒江钓,老夫无意暖日出。
静心多被鱼影扰,乱眼不因黑云无。
难学姜公钓君王,倦怠放下看闲书。

2019 年初夏

大西山栖贤寺

西南佛教寺庙圣地颇多,是因为佛教最早传入我国,实际上是经两条线路:一条是众人皆知的从印度到西部,到西安;另一条就是从印度经缅甸,进入永昌、大理、成都……

青华波荡漾,水映呢喃山。
印僧路过此,望山长惊叹。
只觉风水好,结庐成金銮。
传说建文帝,避难在村峦。
见寺改栖贤,入住宏佛光。
而今吾无事,喜山雾里钻。
雨细激鸟鸣,树绿隐红幡。
和尚面不熟,只识住持倌。
问曰云游久,不知在何安。

2019 年 4 月 7 日

重返西邑乡

三十年前保山地委派我任西邑乡挂职副乡长，虽然只有八个月，但很锻炼人，收获也很大。今一伙退休老人重返，真是思绪万千，感受颇深。

　　　　故地重游三十年，驱车环绕六百旋。
　　　　上得真峰看远景，下了毛寨饮甘泉。
　　　　山清水秀容颜新，翻天覆地气象鲜。
　　　　乡村巨变从无此，终见小康桃花源。

　　　　　　　　　　　　　2019 年 4 月 10 日

探寻原解放军 64 医院旧址

位于保山市区的64医院，已经撤销建制三十多年。现原址大门紧闭，无人问津，已成废墟，撤后一直没去过，今晨无事，遂独自前往探视。

　　　　荒草丛生树木森，断壁残垣阴沉沉。
　　　　人无踪影啼鸟飞，楼空有迹窜蛇藤。
　　　　马嘶人欢过去事，辉煌岁月渣不剩。
　　　　时光无情刀锋利，斩断情丝了无痕。

　　　　　　　　　　　　　2019 年 4 月 12 日

雨中游七星岩

山水空蒙雨不停，乘舟观景漫漫行。
北斗七星落肇庆，从此佛神常莅临。
渔姑载客桨声慢，凤凰涅槃鹤声鸣。
祥瑞时时得笼罩，人杰要靠地有灵。

2019 年 4 月 19 日

寻人有遇访韶关

到韶关曲江，为其丰厚的历史文化所吸引，为能访盛唐时期的政治家、文学家、诗人、宰相张九龄的故乡而兴奋。

三江交汇聚韶关，曲江地灵人杰旺。
诗人九龄多名句，海生明月千秋唱。
宰相有为开元治，名臣风度成典范。
得遇雕像长揖拜，只敬岭南第一男。

2019 年 4 月 20 日

游丹霞山仙境二首

其一　赞元阳峰

鬼斧神工原生态，阴阳和谐才开泰。
生机勃勃方孕育，天造地设命门开。
顶天立地女惊喜，刚直不阿男悲哀。
道生一二生万物，慕名欣赏纷至来。

2019 年 4 月 21 日

其二　丹霞仙境

姗姗来迟瑶池仙，丹霞美景尽眼前。
如痴如醉逢春华，也想放歌舞翩跹。

2019 年 4 月 22 日

登闽粤南澳岛观总镇府有感

  驱车上桥，跨海登岛，恰逢我海军建军 70 周年纪念日。对比军力百年历史，叹天差地别，由极弱到强大，心潮澎湃。

放眼海宇宽，桥跨南澳岛。
兵府镇守此，锁钥系战袍。
百年屈辱史，万里疆不牢。
林公虎门威，烟灰顿时消。
甲午海战败，外寇气更嚣。
靖边无利器，敌狂因舰炮。
夷邦任意欺，国弱无外交。
血泪不筑城，仰天空长啸。
而今国强盛，黄龙自逍遥。
海上明月升，剑亮霸气豪。
九州鹰高飞，四海鲸游遨。
红旗招展处，虾鳄惊避逃。
但见建军日，万国齐来朝。

2019 年 4 月 23 日

过潮州怀韩愈

韩愈(768—824),字退之,河南孟州人,官至吏部侍郎,文学大家,为唐宋八大家之首。因宗教问题,上奏引皇帝不悦,被贬潮州,潮州因此名声大振。

初次到潮州,顿感有浩气。
晚知广济楼,早识是韩愈。
公生刚硬骨,不惧天和帝。
九重朝逆鳞,八千路敢去。
刺史重教化,儒雅文风遗。
檄文能驱鳄,修桥施广济。
悲思不得回,尸骨托人取。
虽贬只八月,满洲尽知遇。
月光终会明,韩江多肥鱼。
原来韩湘子,曲曲吹仙笛。

2019 年 4 月 25 日

望港澳珠特大桥

噫吁嚱!
彩虹飞跨港澳珠,人间奇迹又创出。
高山大海挡不住,风起云涌大道铺。
乘风破浪曾艰辛,谈笑之间变通途。
噫吁嚱!
日新月异因科技,时空变换凭思路。
世界惊叹中华梦,老夫喜悦望宏图。
上天入地寻常事,揽月缚龙谁不服?

2019 年 4 月 27 日

喜闻龙陵县脱贫

2019 年 4 月初,县长杨邵燕传来喜讯,云南省政府已验收认定龙陵这个国家级贫困县脱贫了。不久就看到了正式公布,不由得心潮澎湃。

当年鏖战记忆留,目标确定共商谋。
因地制宜寻富路,真抓实干急白头。
扶贫扶志还扶智,同心同德更同舟。
今闻脱贫心中喜,老泪纵横解忧愁。

2019 年 4 月

翠湖晨游

四十年后又重游,物是人非记忆留。
春城之眼翠湖美,仙境瑶池人间有。
难得方寸见精彩,但愿宏伟心无忧。
喜看老者舞太平,倾听沙鸥歌自由。

2019 年 5 月 9 日

到施甸亮山林场忆善洲老书记

杨善洲(1927—2010),保山施甸姚关人,20 世纪 80 年代任保山地委书记,退休后绿化荒山二十多年。2011 年感动中国获奖者,中国最美奋斗者。

退休方知病身难,疲惫不堪思静养。
勇者雄心又重起,花甲挥别上荒山。
白手起家苦创业,绿树成荫富一方。
造福百姓老愚公,吾辈徒子终仰望。

2019 年 5 月 10 日

白司马花径怀诗王白居易

小径花映红，莲池泛幽香。
草堂春迟迟，游人蹒跚跚。
来寻白诗魔，仙踪何处访。
如琴湖听琴，景白亭留芳。

2019 年 5 月 26 日

观庐山古树

庐山古树几千年，日照高峰英姿留。
栋梁之材多聚此，涛声轰隆随瀑流。
鄱阳明镜映秀影，长江雾霭滋润久。
千姿百态观不尽，何时有缘再来游。

2019 年 5 月 27 日

游庐山黄龙寺

　　黄龙寺始建于1573年,明万历年间,香客如云,名声大振,规模宏大,典藏丰富。

　　古木参天逾千年,银河叠瀑挂山前。
　　野鹿导引禅林寺,黄龙眼泪化庐泉。

2019 年 5 月 28 日

天池亭远望

　　牛牯岭东北有小天池山,峰巅是诺那禅寺,在西侧悬崖上有天池亭,可极目远眺,风景尽收眼底。

　　伫亭依栏览九江,如临绝顶势壮观。
　　东看鄱阳浩瀚水,西望长江逝远方。
　　白雾峡底悠然升,红霞峰西伴夕阳。
　　气象万千瞬息变,神奇莫测显佛光。

2019 年 5 月 30 日

庐山因雾面难识

庐山的云雾天气,每年180多天,颜色、形状、厚度各不同,来去自如,变幻莫测,被称为一绝。

庐山仙景不胜收,万绿丛中点点红。
云遮雾绕常掩饰,日照香炉偶露容。

2019年5月31日

品庐山云雾茶

庐山云雾茶为中国十大名茶之一,享有盛誉,这与庐山的海拔、气候、环境、地理等有很大的关系,古往今来,文人墨客,无不赞美有加。

奇山秀雾生好茶,匡庐甘泉泡瑞茗。
初泡清澈滋味平,再泡浓郁才出精。
谷雨秋茶各有爱,叶清色秀香沁心。

2019年5月下旬

参观南昌起义纪念馆

决裂起义第一枪，周公举旗在南昌。
二万勇士志可嘉，千百名垂青史墙。
将军有功建国业，烈士无名鲜血染。
危难时刻靠朱总，率部毅然奔井冈。

2019 年 6 月 1 日

庐山游后不思归

匡庐孤身平地起，顶天立地傲江湖。
惊叹人间有美景，千峰奇水天下无。
锦绣山谷心陶醉，仙人洞府身已酥。
但见白雾茫茫来，云游不思归乡途。

2019 年 6 月 2 日

刚返家乡又忆庐山

知君不得成相知,庐山真面有缘识。
景色宜人风光美,云开雾释见红日。

2019年6月6日

忆潮州安济王灵庙

王伉是蜀汉永昌太守,因保境安民,殁后被百姓奉为神明。传说明代潮州谢少沧在云南为官时多难,王伉屡屡显灵解救,其告老还乡时,遂请神像回郡立庙供奉,清康熙十六年(1677年)封为"安济圣王",后香火随移民远播东南亚国家。

蜀汉拓疆云之南,王伉太守镇永昌。
平叛有功升成都,辅佐诸葛效君王。
潮州人士滇中官,有难得解遇神降。
逢凶化吉转平安,移请神像潮江畔。
屡屡显灵护百姓,顶礼膜拜香火旺。
成神未必因虚名,只要为民尽心肠。
而今我知先圣在,怎不恭敬拜老乡。

2019年6月18日

昆明大观楼

四十年后又登楼，物是人非白了头。
烟波渺渺绿满眼，长空荡荡红嘴鸥。
远看美人无春心，近观学士有秋收。
原来多少渔翁归，如今却悲池少舟。

2019 年 6 月 21 日

千古一相·李斯

  李斯为秦始帝国一相，为秦统一立下首功，享有殊荣。但后来为保自己的荣华富贵，与大太监赵高妥协，篡旨立帝，最后惨死于车裂之酷刑。

谋深如海千古相，呕心沥血辅嬴王。
运筹帷幄善决胜，不韦嫪毒势扫光。
灭绝六国成霸业，大统一天始秦皇。
谁知贪利失先机，身败名裂铸悲伤。

2019 年 6 月 23 日

登西山龙门

登上龙门可达天,悬崖万丈临深渊。
处高顿觉山川小,身价倍增气无边。
平步青云从此后,壮志豪情在眼前。
旁人有愿众多许,不是为钱便为权。

2019 年 6 月 21 日

朋友相聚昆明茶文化博物馆

其一

进得庭院已闻香,琳琅满目尽欣赏。
悠久脉流今知晓,彩云之南茶故乡。

其二

以茶会友宜雅致,淡泊宁静情如丝。
品尝嫩芽知水土,聆听玄道敬茶师。

2019 年 6 月 28 日

品晋宁菌子

女儿带我驱车百里，从昆明到滇池边的晋宁郊区，品尝菌子，真是大快朵颐，大饱口福。

晋宁菌子雨新发，品种繁多让眼花。
各种鲜菌肥鸡煮，香气扑鼻口水下。
山珍海味就它好，龙肝凤髓略显差。
天上佳肴比不过，舌尖中国着实夸。

2019年6月29日

参观郑和纪念馆有感

郑和（1371或1375—1433或1435），回族，云南昆阳州（今晋宁）人。明朝著名航海家、外交家，本姓马，明成祖朱棣因其功赐姓为郑，世称"三宝太监"。

浩荡舰队下西洋，宣示华夏文明邦。
寻觅故帝访百国，惊涛骇浪走万方。
七去七回建业绩，三纲五常显忠肝。
鞭长莫及不自立，功比张骞同辉煌。

2019年6月30日

漫步昌宁天堂山原始森林

云雾弥漫白茫茫，细雨蒙蒙润肤霜。
深山鲜气洗肺腑，天堂山中无念想。

2019 年 7 月 12 日

忆知青激情岁月

当初年少怎知愁，不跨麒麟喜牵牛。
广阔天地炼红心，改天换地锻追求。
高黎雪峰激情燃，怒江碧波奔腾流。
青春年华多磨砺，不悔老来看云游。

2019 年 7 月 26 日

看老照片忆军旅情缘

没曾当兵也从军，边防守护尽全心。
第一书记担职责，国动主任留贤名。
战场硝烟虽未闻，秣马厉兵常亲临。
平生最敬将士勇，视死如归铁血情。

2019 年 8 月 1 日

菊之韵

秋风送爽正金黄,菊开篱边好悠然。
每有丰收心喜悦,时时处处可闻香。

2019 年 8 月 8 日

忆"铁娘子"傅莹中央党校授课

傅莹,蒙古族,中国第一位少数民族女大使,外交部副部长,全国人大外交委副主任,中国全球战略智库首席专家。因作风犀利,原则性强,被称为外交"铁娘子"。

大义凛然列强哀,刀光剑影寒气来。
外交殿堂乱云飞,刚柔并济尽风采。
当知"天边"草原梦,方晓"铁娘"情似海。
曾记教室一堂课,掌声雷动齐喝彩。

2019 年 8 月 8 日

赠大学同窗好友

率性刚毅意志坚，善恶分明行不偏。
赤子之心终究在，敢与邪教不戴天。
志同愿与同生死，道合共勉可赴险。
浩然正气贯长虹，一腔热血化诗篇。

2019 年 8 月 10 日

游怒江峡谷感言

怒水碧蓝山青幽，涤缨濯足更何求。
晚霞夜雨声渐浓，晨风送爽感觉秋。
依稀踏浪少年誓，梦涕击波老夫游。
回首平生无憾事，悠然自得垂钓钩。

2019 年 8 月 16 日

青华海水莲寺览景

　　保山青华海东西两湖之间长堤上，有水莲寺，面对东方雄伟哀牢毛公山。寺虽不大，却风水极佳，民间传说寺已建设千年。

　　紫气升腾两湖间，古寺悠悠越千年。
　　众星捧月水莲上，遮天蔽日榕树前。

2019 年 8 月 20 日

初秋夜雨

　　秋雨夜不停，无眠披衣听。
　　推窗冷风袭，寒气已来临。
　　无事心无念，风雨自弹琴。
　　喜湿润肺腑，爱抚一身轻。
　　明晨若有意，倦客又远行。

2019 年 8 月 23 日

中秋前夕游大理

苍山云雾飞白龙,洱海微波映月宫。
春雨江山潇潇润,冰雪羽化习习风。
双廊景色无限美,蝶泉奇幻生彩虹。
若得乡愁永不淡,田园锦绣记忆中。

2019 年 9 月 6 日

赠多年不见之同窗好友李刚

记君生来最从容,立身原在性情中。
刚正不阿无妄语,绵里藏针名士风。
腹中锦绣字珠玑,心里爱憎情义重。
大包山上飞仙鹤,他日把酒笑相逢。

2019 年 9 月 6 日

又忆江畔风华

清晨登山至大宝盖

山青草林幽，从春看到秋。
层层向上登，步步有峰头。
回视城郭远，觉在仙境游。
还欲寻去路，险峻雾霾稠。

2019 年 9 月 6 日

秋色满缘

蝶舞飞叶恋秋花，如春四季七彩葩。
流云暗香常入梦，人生几多好年华？

2019 年深秋

龙江品尝稻花鱼

山清水秀温柔乡，金秋时节稻花香。
鱼肥正合游人意，舌尖美味龙川江。

2019 年 9 月 13 日

参观云南省博物馆感怀

源远流长彩云南，四季如春鲜花放。
古往今来一脉连，精美文物纵横看。
三江并流展情怀，一枝独秀压群芳。
民族众多共和谐，高原明珠放光芒。

2019 年 9 月 23 日

孔方兄·中国古钱币

  余喜欢收藏古钱币，二十多年有幸收到了近千枚，其中不乏极品、珍品。当然也涉及各类、各种古今中外钱币，目的就是陶冶性情，了解钱币史，拓宽视野。

古代称钱也为泉，如水潺流哪得闲。
有钱能使鬼推磨，无脚可行到天边。
外圆通融达九州，内方遵秩守四线。
缺之不伍难生存，君子爱财道不偏。

2019 年 9 月 26 日

悄悄的你从哪里来

悄悄的你从哪里来
春天就来了吧
可惜没有看到
是万物复苏的季节
因为春色满园夺目
把你懈怠

悄悄的你从哪里来
夏天就来了吧
可怜我没有看见
是花的鲜艳夺目光彩
香飘如波撞击着心海
把你慢待

悄悄的你从哪里来
秋天就来了吧
五光十色的花叶凋落
才突然展现你的风采
静静地爬到墙上
朱砂红的印象清晰可爱

哦！是美丽的爬山虎
虽然寒风凛冽

只有你的容颜依然还在
坚毅的娇媚眼神
如万般柔情流入我的心怀
是充满对美好未来的期待

哦！可融化冰山的烈焰
哦！可激发巨浪的暴风
哦！可爱的爬山虎
知道吗？我愿与你去等待
等待着下一个
春光灿烂的到来

2019 年深秋

华夏论剑

轩辕腾空剑不老，干将莫邪青锋好。
倚天屠龙成霸业，斩魔除妖浊气少。
龙泉照胆寒光闪，太康定干火焰高。
锻剑初心怎能忘，东风应怒冲九霄。

2019 年 10 月 1 日

从湘江到长江

从湘江到长江
两条抹不去红色记忆的江
让我始终泪水饱含
记录着生命成长的落涨
忘不了的湘江
三十万国民党军队的阻拦
江水被突围红军的鲜血浸染
是那么绝望的哀伤
痛苦的血液在心里流淌

从湘江到长江
两条震荡着命运脉搏的江
让我始终热血沸腾
看到的是钢铁将士的坚强
忘不了的长江
百万雄师千里防线的突破
红旗所指势不可当
敌人的丧钟已经敲响
胜利的曙光就在前方

从湘江到长江
两条记载着光辉岁月的江
让我始终信心满满
无所畏惧的军队
总能战胜任何艰辛和困难
高扬起向前的风帆
达到光明的彼岸
把腐朽的制度推翻
历史发生了惊天逆转

从湘江到长江
从失败走向胜利的壮阔波澜
人们永远不会淡忘
没有启航的南昌
没有举旗的井冈山
没有经历过血战湘江
没有走过草地爬过雪山
没有扎根黄河之畔的延安
没有雄赳赳地跨过长江
哪有共和国的旗帜高高飘扬
哪来现在所向披靡的威武雄壮
哪有今天举世瞩目的灿烂辉煌

2019 年 10 月 1 日

缅桂花开香不忘

爱你常绿，喜你清爽。
缅桂花开，十里情长。
洁肌凝脂，乔中木兰。
沁人肺腑，沐雨风霜。
闻之起舞，观之心欢。
亭亭玉立，落落大方。
谦谦君子，免贵更香。
菩提座下，悟道参禅。

2019 年 10 月 5 日

每过高黎贡山·均赏心悦目

巍峨高黎山，古道悠悠长。
奇瑞惊艳情，风花落满江。
此景天上有，神怡身心安。
忘却来去事，双眼不够看。
停车尽饱览，何人有愁肠？

2019 年 10 月 18 日

无题·步了然方丈韵回赠

万千数劫何计年,清宇凡尘连因缘。
佛光照彻天地明,悟得道法自开莲。

2019 年 10 月 23 日

山顶欣赏美景

身在山巅妙景收,脚下浮云稀疏稠。
眼界开阔得道易,来去自如迹不留。

2019 年 10 月 23 日

为庐山李校长摄影作品题

  李校长原为庐山管委会领导,退休后为老年大学校长,是庐山文化研究专家、摄影家。游庐山,听一次李校长的讲座是非常幸运的。

随便拍拍皆佳景,四处看看都美色。
庐山人在仙境里,再不愿做他乡客。

2019 年 10 月 28 日

归隐田园无病吟

人问退后可习惯？笑复无官一身轻。
车水马龙早烦透，门可罗雀更清心。
看书看到不知时，睡觉睡到自然醒。
但求余生皆如此，不问富贵与虚名。

2019 年 10 月 29 日

重游金殿名胜

汉臣大将降清蛮，假说为了美娇娘。
卖主求荣贪富贵，换来封疆云南王。
百姓太平安宁日，狼子战乱自埋葬。
金殿虽说钟灵秀，看似吴奸鬼坟场。

2019 年 11 月 1 日

微风细雨中登栖贤山

栖贤山青雨霭茫，微风拂面不觉凉。
心中无念时空阔，远近景色一了然。

2019 年 11 月 10 日

冬月偶感

西风夜吹一庭霜,园内难寻几枝芳。
多少艳丽无踪影,雅士更喜梅花香。

2019 年 11 月 19 日

一件军大衣

1986 年我的一篇论文刊登在云南省高教研究杂志,后来此文获云南省 1979—1989 年社科优秀成果奖。时得稿费 36 元,下决心买了一件军大衣。

大衣相陪卅三年,获得稿费咬牙添。
御寒御风极实用,亦披亦盖很方便。
当年饥寒有所畏,如今饱暖无何欠。
军绿迷人初心在,新潮时尚也不厌。

2019 年 11 月 26 日

奇观金环日食

2019年12月26日浩瀚天空，显现出金环日食奇观，我国全境皆可看到日偏食，古人称之为天狗食日。

宇宙三星一线天，虚空自然任变迁。
天狗蚀日瞬间去，怎损宏光照人间。

2019年12月26日

退隐一年回眸

蜗居悠闲不计年，茫然世外是何颜？
亲朋多见聊家常，麻友也聚推几圈。
朝看红日冉冉升，暮瞧蓝月静静悬。
弄孙忘却花甲老，暇时悟道也难闲。

2019年12月31日

寒夜无聊自斟自饮

大浪淘沙尽消磨，人生如梦多蹉跎。
岁月无情催人老，静夜抚伤念弥陀。
潮起潮落已过去，讲好讲歹任评说。
酒无知己三杯醉，由它思绪万千起。

2019 年 12 月冬

烹茶过寒冬

冬日北风寒，闭门惧身凉。
煮雪烹老茶，慢饮细品尝。
汝窑赏清淡，紫砂尝浓浆。
温汤润肺腑，热气拂面霜。
浑身经络通，养生好药方。
油腻知茶贵，寒冷晓茶香。
好茶化迷惑，美酒催发狂。

2019 年 12 月 31 日

郊野雨天漫步

寒雾散漫随意流,冷雨几天下不休。
野外迷茫路欲尽,细看舟泊在沙洲。

2020 年 1 月 8 日

游迎龙寺

游龙离京避边滇,诵经看花闲吃茶。
北望无缘失故人,悔恨有生帝王家。

2020 年 1 月 16 日

冬月赏梅

寒梅伴我在遥台,淡雅幽香飘曳来。
赏心悦目别样红,温馨痴醉慰情怀。

2020 年 1 月 18 日

母有奇梦

初春,九十老母梦一行众僧,身披金黄袈裟来家,高兴万分,于是命我热情诚心接待。

众僧自诩远方来,万水千山路徘徊。
赐母福寿到家门,焚香膜拜几顿斋。

2020 年春节

2020 庚子鼠年

逢春两头寒潮长,闰月双四事更繁。
从来庚子风云激,人神共愤过大关。

2020 年大年初一

元宵节夜

虽是春回暖,寒梦稀稀,尽是雪白映别离。
病痛缠身烛光凄,长夜无依。
青春多淋漓,静来唏嘘,只待有暇常回忆。
岁月蹉跎心未老,滇西云低。

2020 年正月十五

赞太保山平场子青松

明嘉靖年间在太保山（古称松山）设兵营，山顶有60多亩的平场子为演兵之处。山中千万古松挺立，还建有西南第二大诸葛武侯祠。

太保山松是谁栽？威武将士一排排。
昂首不惧暴雨烈，挺胸何怕狂风来。
盘根错节立地稳，遮天蔽日傲江海。
从来蛮夷敬之远，忠心守卫在边塞。

2020年2月13日

今日雨水随心访郊外

人虽遗忘花自开，不因偏僻不开怀。
山边小巷春绿野，水头清溪溅青苔。
曾是群蝶双飞舞，今成孤雁独行来。
甚嚣尘上繁华处，不及幽静小亭台。

2020年2月19日

山中游览见寺访僧

天空山中蓝,绿树掩红墙。
禅房得春早,花木多朝阳。
早来游客稀,僧课尚未完。
烹茶共款语,久饮意淡忘。
心闲欲求少,方丈比我忙。

2020 年 3 月 3 日

喜闻长居海外同窗好友欲归

竹马失联失迹踪,忽闻欲归喜相逢。
何必孤做他乡客,滋润还爱华夏风。

2020 年 3 月 8 日

附同窗好友诗:

寻寻觅觅走西东,紫气东来已成空。
老骥不似当年勇,朝花夕拾念祖宗。

闲暇前往板桥老茶馆喝茶

茶馆百年满沧桑,老态龙钟尽包浆。
古今品茶同一壶,春秋滋味各自尝。

2020 年 3 月 11 日于茶馆

观宇航员太空访天

今有闲,结合中国天文史,看霍金《宇宙简史》《宇宙之谜》等书,感悟自己常时空穿越。

星移斗转亿万年,访天古今路漫漫。
宇宙变幻可有理?神秘莫测仍茫然。

2020 年 3 月 18 日

清晨游白庙水库

陪伴老母白庙游,六十年前记忆留。
当初建湖流血汗,如今喜看山川秀。

2020 年 3 月 27 日

欣赏郑板桥《墨竹图》

郑燮（1693—1765），号板桥，乾隆元年（1736年）进士，祖籍苏州，官至山东潍县令，文学家、画家，擅画竹兰，扬州八怪之一。

好修数竿长短竹，左顾右盼情楚楚。
浓淡相宜虚实映，最是傲气透风骨。

2020 年 3 月 29 日

赏收藏草花美玉

晶莹剔透种水好，黄龙草花海底飘。
绿树山中箐荫深，悬崖踞鹰欲飞翱。

2020 年 4 月 6 日

以石悟道自成仙

余自来喜欢奇石,有暇就常常游览江湖河流之畔,寻得一枚,遂欣喜若狂,赏心悦目,可茶饭不思,把玩于股掌,而忘却所有……

女娲补天石遗野,石自天成不修边。
天惊石破痴狂汉,石来运转梦成仙。
点石成金幻亿万,滴水穿石情缘坚。
悟道有益石点头,江河览石醉疯癫。

2020 年 4 月 7 日

觅西邑乡补麻村记忆

朋友邀约游山玩水,今到故地感慨万千,当年的年轻乡长,今日的白发老夫,然山河依旧。此处有巨大溶洞,百姓称为千佛洞。

廿五年前去不来,感慨美景依然在。
世外蹉跎艰辛路,桃源迎春百花开。
风华正茂忆往昔,物是人非叹老态。
早知来去亦如此,不如随佛原地待。

2020 年 4 月 10 日

鱼洞湖寻静避暑

山水空蒙七彩妆，云烟雾弥漫河川。
近听翠鸟枝头叫，遥望渔夫湖泊忙。

2020 年 4 月 13 日

朝呈贡文庙

庄严肃穆圣贤地，恭敬礼朝心澎湃。
老祖光绪曾举人，子孙今日寻宗来。
人生百年失踪影，面目全非家何在。

2020 年 4 月 14 日

听友自嘲曾识人不清

人诩政坛老江湖，有眼无珠马失途。
相人也有昏花时，自取其辱自糊涂。
愚蠢不堪不识奸，聪明多被聪明误。
试金只需一瞬间，忠义半世可看出。

2020 年 4 月 14 日

晨游双林古寺

参天大树蔽日光，古寺双林闹市藏。
槛外众多浮躁人，殿内几个静无妄。

2020 年 5 月 7 日

又读刘伯温《推背图》后有感

茫茫天地不所止，冥冥注定藏希夷。
日月循环真谛在，周而复始怎为奇。
东方狮吼群雄服，西域鹰啼独悲泣。
百灵来朝已有时，八百盛世又可及。

2020 年 5 月 8 日

到腾冲司莫拉考察

春风化雨天上来，阿佤新歌颂风采。
三声鼓响震华夏，万众瞩目慰山寨。

2020 年 5 月 28 日

清晨花园纳凉

好酒一壶伴旧书,自酌自吟骨渐酥。
酒香书香心何在?醉意朦胧已糊涂。

2020 年 5 月 31 日

傣家山村

烟雨隐约鸡犬声,花团锦簇傣人家。
清新淡雅胜桃园,田野秀美山水佳。

2020 年 6 月 5 日

王家大山访友

友人避世深山藏,拄杖寻访荒草长。
见时自称野村夫,容颜依稀喜若狂。
琼浆玉液虽无有,山珍野味任品尝。
身居闹市人失真,心安静处好参禅。

2020 年 6 月 7 日

游碧龙庵寻李根源先生遗影

李根源(1879—1965),字印泉,保山腾冲人,国民党元老,曾任民国北洋政府国务代总理、云贵监察使、云南陆军讲武堂总干事,为滇西抗战做出了重大贡献。抗战时驻此工作,经常召开会议。

抗倭英豪迹无踪,只遗青灯照残红。
庵外古木葱葱郁,顶天立地唱大风。

2020年6月11日

题碧龙庵禅院

碧龙古庵,深藏于北庙湖厚庄村之后山而不露,虽名不见经传,然历史悠久,仍修身养性之绝妙处,不游,则终生遗憾。

水源山边一片天,静谧无尘草木鲜,鸟语花香笼云烟。
庵前古树参天起,碧龙津液口吐莲,修禅宝地多神仙。

2020年6月11日

赏收藏玉摆件·祝寿献桃

王母寿宴献玉桃，福娃嬉戏天池瑶。
仙宫祥瑞示太平，人间安好永无妖。

2020 年 6 月 14 日

老好糊涂

应悲昏庸人半痴，欢声雷动不想知。
往事如烟心犹记，梦中常现心动时。

2020 年 6 月 16 日

几个老同学端午节聚会呈贡

青梅竹马几十年，分别天涯难团圆。
相逢端午说旧事，把酒人生弹指间。
当年花季朝鲜日，而今花甲晚霞缘。
但得聚首应感恩，扶老携幼道还远。

2020 年 6 月 26 日

回祖籍呈贡怀念慈父

欲寻梦影上三台，故迹无痕四方拜。
慈父少小离家去，告老不得还乡来。
远眺滇波尽追思，回望龙潭难开怀。
乡音听罢倍感亲，洒得浊泪落尘埃。

2020 年 6 月 30 日

有惊有险无碍

风云变幻庚子年，危机四伏万重险。
坚信定海有神针，飞龙在天舞蹁跹。

2020 年仲夏

参观呈贡"豆腐博物馆"

豆腐是中国的国菜，已有两千多年的历史，最早见于五代谢绰的《宋拾遗录》："豆腐之术，三代前后未闻。此物至汉淮南王始传其术于世。"

琼浆玉露凝霜花，洁白如玉美无瑕，清香温馨最思家。
品尝但知百味俱，文人骚客皆说佳，百姓佛道不离她。

2020 年 7 月 4 日

读《三国志》评司马懿

司马懿（179—251），字仲达，今河南焦作市温县人。三国时期曹魏政治家，西晋王朝的奠基人，其子孙后尊追其为宣皇帝。

　　足智多谋善忍让，逢凶化吉弄朝纲。
　　拖死诸葛好装傻，熬垮曹家终为王。
　　一心运筹天下事，三国归统人心安。
　　身健最后成霸业，新晋创立造辉煌。

2020 年 7 月 16 日

翻旧时游楼兰照片叹

楼兰位于新疆罗布泊西北岸，考古发现在新石器时代就有人类活动，楼兰最早见于《史记》，前凉时期废弃，被埋没一千多年。

　　长风吹古城，黄沙掩废墟。
　　将士枯骨埋，诗人边塞泣。
　　楼兰天自破，匈奴何处去？
　　旧时兵家地，今日成鬼域。
　　惶惶然荒凉，漠漠渺无迹。

2020 年 7 月 9 日

欣赏鹦鹉螺化石

2016年率团访问马达加斯加，淘得鹦鹉螺古化石一枚以做纪念，闲时常常把玩欣赏。

沧海桑田亿万年，鉴赏得知君从前。
价值不在有命时，羽化成精需磨炼。

2020年7月12日于书房

怀念与父亲下象棋

吾棋父亲教，早知车马炮。
酷爱楚汉争，缠师披战袍。
偶尔赢一着，博父开怀笑。
年轻回家时，再累也过招。
开饭母频催，激战罢不了。
好棋逢对手，杀声震天高。
沙场无父子，搏杀互不饶。
中年节假聚，徒儿渐输少。
父衰病入膏，床前棋局聊。
自师驾鹤去，从此断爱好。
每每再回家，默默忆喧闹。
思念摆一盘，河界路遥遥。

2020年7月15日

"末日彗星"光临地球

早被天文学家发现、命名的"末日彗星",于7月22日真的接近地球了,让人们大惊失色、惊恐万状。

"最闪彗星"临地球,"末日使者"缠不休。
　香消玉殒近时散,翘首以待别处游。
　庚子风云多变幻,扫帚星光逗风流。
　过关斩将今年难,冥冥之中谁解救?

2020年7月22日夜

赠普洱茶友

好茶胜酒亦神仙,慢闻细品味无边。
　清香润心情雅致,纵然不醉也含嗔。

2020年7月26日

赞东汉儒将班超

班超（32—103），字仲升，东汉扶风郡（今陕西兴平）人，著名的军事家和外交家，出使西域31年，平定、收复了55个叛乱小国，为西域回归做出了巨大贡献。

为酬壮志不怨天，投笔从戎几十年。
倚天仗剑入虎穴，西域回归功无边。
鞠躬尽瘁启丝路，死而后已封定远。
战将靖边千秋业，书生建勋成范典。

2020年8月6日

青华东湖赏莲

碧波粼粼荡漾，秋风徐徐送爽。
湖光云影飘摇，涟漪泛起波澜。
不见百花争艳，何处送来清香。
水面清莲盛开，朝迎彩霞灿烂。
神韵来自瑶池，圣洁出泥无染。
原为观音坐莲，得听梵音颂唱。

2020年8月7日

喜有金环葫芦蜂来家筑巢安居

有蜂来仪附为巢,喜不自禁笑脸邀。
由小到大窝增长,先少后多量如潮。
耳辨轰鸣知去归,眼观飞速晓饿饱。
门可罗雀也未必,蜂拥而至乐逍遥。

2020 年 8 月 15 日

青田兄邀同学玉溪相聚

其一

九龙玉珠涌,飞井吹波皱。
翠鸟鸣青岗,荷花绽初秋。
共忆韶华情,美景解千愁。
山珍酒满桌,色香诱涎流。
同窗能相聚,不虚此行游。

其二

清风细雨送秋花,碎玉溪流轻喧哗。
峰峦叠翠雾空蒙,飞进湖畔青田家。

2020 年 8 月 16 日

道法自然

春夏离别已是秋,花开花谢不需求。
风雨冰霜随天意,任由江河东西流。

2020 年 8 月 18 日

晨曦听风观雨

秋风秋雨到自家,花开花谢任由她。
一杯清茶一本书,伴随神游去天涯。

2020 年 9 月 3 日

读《永思录》怀家乡先辈王宏祚

王宏祚(1603—1674),字懋自,永昌府(今保山)蒲漂人,明崇祯三年(1630 年)中举,任户部郎中。后历任户部尚书、刑部尚书、兵部尚书,加进太子太保衔。朝廷设有六部,他就三部任职,故有"永半朝"之称。

显达庙堂永半朝,父老羞见王尚书。
天命难违无私利,易主而事安民庶。
往事已矣为朝纲,来者好官可追溯。
梨花香雪漫山白,自有后人常敬述。

2020 年 9 月 8 日

第 36 个教师节感言

在保山学院先后工作 15 年，中间虽然离开学校，但却一直有缘与各类教育不离不弃。值此节日之际，怎不激动万分？

桃李芬芳文脉传，红烛燃尽心欢畅。
有始有终十五年，幸运余生可闻香。

2020 年 9 月 10 日

又翻阅老庄书籍后自嘲

少小性格颇有刚，后崇老庄志治商。
刚柔相济最时宜，有无兼容奉为纲。
过关斩将虽血腥，风生水起也靠岸。
感悟人生实不易，老来修身亦枉然。

2020 年 9 月 15 日

读秦史感慨

烽火连天戏诸侯，春秋战国风雨稠。
六国灭亡江山变，一统天下始皇愁。
纵使千秋行秦法，但有百代循规守。
历来后继贬前朝，当今修史可知否。

2020 年 9 月 16 日

惊于量子纠缠科学理论

入此躯壳多少年，浑然一体尘世间。
风雨同舟渡春秋，荣辱与共尝苦甜。
灵魂愈新胜往昔，皮囊陈旧怎如前。
待得功德圆满时，旧貌仍可换新颜。

2020 年 9 月 18 日

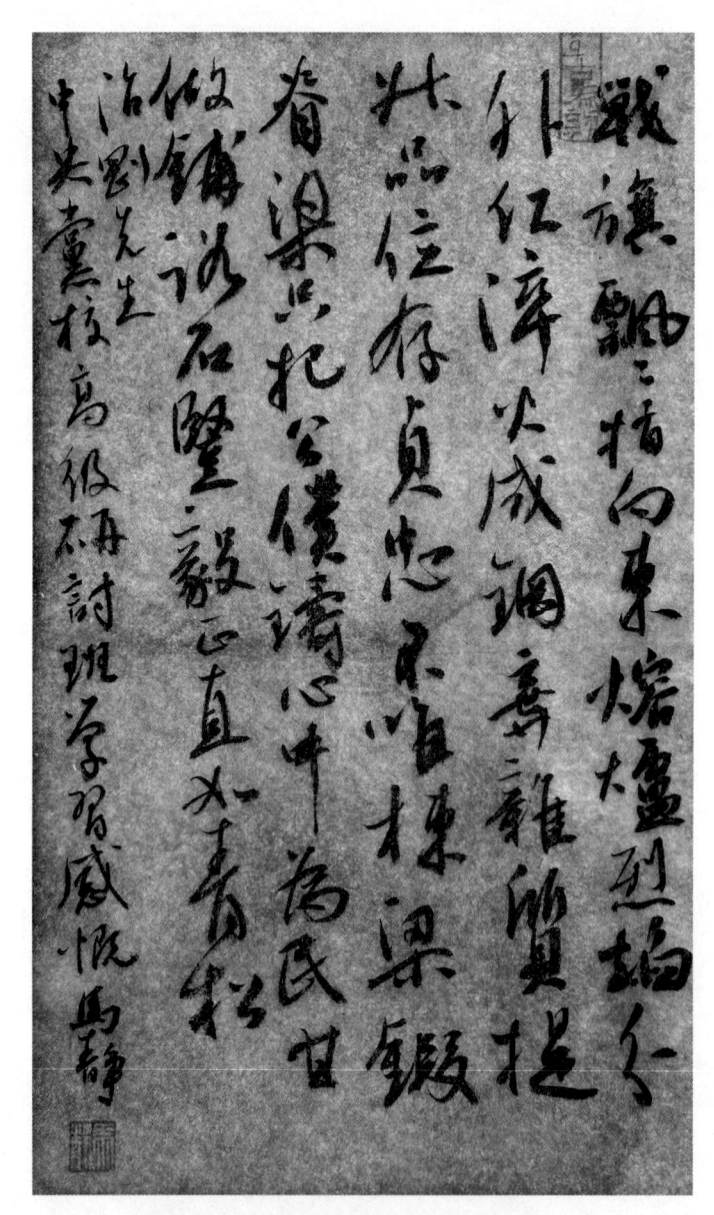

中央党校高级研讨班学习感慨

梦境初醒

家居附近，即为解放军预备役部队营地，清晨军号声常常激我心绪……

军号常催梦醒时，跃起方悟身退役。
心有余力倦体老，说甚跃马驱顽敌。

2020 年 9 月 18 日

观看第七批在韩志愿军英烈遗骸归国仪式感怀

壮士战沙场，舍命几多回？
只为祖国好，血肉愿成灰。
山河已无恙，岁月永思追。
辞别七十载，今日敬请归。
英魂返故乡，同比日月辉。

2020 年 9 月 27 日

翻阅收藏艰难时期的各类供应老票证有感

鉴赏票证枚枚看，流金岁月涌心上。
历历在目往昔事，创业初期万般难。
一穷二白无老底，家徒四壁列强狂。
面对打压高昂首，冲破封锁斗志扬。
齐心合力一盘棋，勒紧裤带渡难关。
精打细算过日子，计划经济谋发展。
确保重点锻利器，省吃俭用图富强。
含辛茹苦虽过去，今日辉煌不敢忘。

2020 年 10 月 1 日

乘飞机偶得

气势磅礴高空翔，一览无余看江山。
凤舞九天揽日月，龙飞万里入汪洋。

2020 年 10 月 8 日

美玉赋

其一

历经沧桑亿万年，造化数劫自不嫌。
默然无语天地变，苦难成就玉容颜。

其二

种水颜色天地赋，文化形象人安排。
千刀万割能忍受，方成正果得崇拜。

2020 年 10 月 10 日

老大归乡叹

家乡何曾是异乡？踪影无迹徒伤悲。
亲情但留心间记，只闻梨花带雨香。

2020 年 10 月 15 日

观赏黄果树大瀑布

雪涛蔽日银河来,铺天盖地压尘埃。
山川秀丽飞彩虹,雷霆声威传天外。

2020 年 10 月 24 日

重阳节登遵义娄山关

险峻娄山关,近天在云端。
登上烈士台,山川尽眼看。
当年红军勇,犹如天兵将。
情激西风烈,感怀晨霜寒。
远征胜在望,得意凯歌还。
老夫今来祭,重阳越一关。

2020 年 10 月 25 日

缘 起

诸法因缘生，因果乃稀奇。
因因又生缘，缘缘证菩提。
无始亦无终，无边亦无迹。
入尘本茫然，往生更迷离。

2020 年 10 月 26 日

赤水河畔感怀长征红军

卅万敌军围几重，四渡赤水亦从容。
生死搏杀处处险，胜败得失时时逢。
突破封堵扬长去，蝼蚁怎能困飞龙！

2020 年 10 月 27 日

参观女红军纪念馆

中国第一个女红军纪念馆，位于遵义市习水县，馆内刻陈列着4120名女红军的名字，纪念着包括未知名的女英烈，展示着大量文物。观后让人心潮澎湃。

多少巾帼建奇功，不让须眉半分毫。
柔情似水化冰雪，意志坚毅逞英豪。
浴血奋战头可断，奉献理想命愿抛。
荡气回肠感天地，叹为观止竟折腰。

2020年10月27日

贵州阳明洞谒王守仁先哲

王守仁（1472—1529），字伯安，号阳明，浙江余姚人。我国明代最著名的哲学家、教育家、政治家和军事家，官至兵部尚书。"心学"流派创始人，是朱熹之后的全能大儒。

阳明洞里春意浓，何陋轩外舞寒风。
格物致知心悟道，知行合一理学通。
文与大儒同比翼，武近诸葛可争锋。
仁者万物至亲民，内圣外王世人封。

2020年10月28日

感叹中国"天眼"

中国的"天眼"于 2016 年 9 月投入使用，成果颇丰，是全球最大的射电望远镜，直径长达 500 米，综合性能比美国的强十多倍，测控能力可以延续到太阳系最外端。

浩瀚宇宙广无垠，仰望太空探古今。
"天眼"睁开揭奥秘，"嫦娥"奔月叙衷情。
极目银河鹊桥会，穷思黑洞吞噬星。
人类孤独欲寻友，火眼金睛不辞辛。

2020 年 10 月 28 日

参观息烽集中营革命历史纪念馆

其一

初心不忘誓如岩，信仰之花血染红。
九死炼狱忠魂在，化作金星照大同。

其二

宁死不屈意志坚，哪怕断头高处悬。
傲骨铮铮对魔鬼，只愿红旗升中天。

2020 年 10 月 29 日

赏牡丹不忘赞芍药

国色天香傲世开，优雅姿态慢慢来。
沐浴风雨逾仙韵，雍容华贵多丰采。
牡丹香艳独占景，芍药默然孤徘徊。
比翼双飞白头鸟，连理枝叶孕情怀。

2020 年 10 月 30 日

秋色盎然意烟浓

一年好景君须记，最是橙黄橘绿时。
四季佳人何处寻，只见金秋银杏日。

2020 年 11 月 8 日

深切怀念彭德怀元帅

顶天立地不折腰，勇冠三军胆气豪。
每临危难总趋前，从来横刀斩魔妖。
直言不讳名利抛，真心诚意肝胆照。
英雄末路会有时，凌霄阁上星闪耀。

2020 年 11 月 14 日

整理儿时照片感怀

寻觅旧照添新影，追忆儿时补花絮。
谁人不曾孩童过，终究还是老朽去。
前赴后继时光流，古往今来空悲戚。
往事随风能记否？怆然烟雨梦呓泣。

2020 年 11 月 20 日

乡愁记忆

山茅野菜地里采，火烧土猪香飘外。
少小朋友喜相见，难兄难弟四处来。
一桌十碗农家菜，半斤八两赛茅台。
得意忘形不忌讳，多少乡愁解不开？

2020 年 11 月 23 日

欣赏黄龙玉印

国色天姿印一方，黄龙玉玺喻田黄。
麒麟高居呈吉祥，静待雅士琢华章。

2020 年 11 月 26 日

无　题

尘世纷争乱象呈，金迷纸醉幻亦真。
退出方可迷津度，善恶皆由一念生。

2020 年 12 月 7 日

致敬孟晚舟女士

孟晚舟，华为副董事长、首席财务官，华为总裁任正非之女。2018年12月1日，加拿大应美国当局要求，非法逮捕了孟晚舟，并将其关押至今。这完全是美国针对中国贸易战炮制的政治案件。孟女士坚贞不屈、拒不认罪，令人敬佩。

以为晚舟喜晚霞，诗情画意情绵长。
临近黑夜鬼怪狂，今知天生斗魔王。
青面獠牙唬黄龙，红颜怒眉斥黑狼。
历来华夏多英雄，父女豪杰称脊梁！

2020 年 12 月 16 日

山村年关杀猪饭

飞雪飘岗岩，西风漫川呼。
山乡腊月忙，年猪清晨屠。
围炉老茶喝，猜拳新酒咕。
肉香霜菜甜，饭饱心满足。
谈笑声不断，醉舁翁睡熟。
村野炊烟渺，古渡人已无。

2020 年 12 月 18 日

答友人·赋闲感言

君知吾意何故问，余生飘逸在江湖。
高山流水寻知音，孤身寂影觅归宿。

2020 年 12 月 23 日

安宁温泉疗养

神汤与吾总有缘，痴迷山野天然泉。
涤污除垢身清爽，濯尘洗念心逸闲。
鲁夫遇雨增柔情，雅士逢霖多狂癫。
风情万种只因水，得沐甘露始成仙。

2020 年 12 月 27 日

游曹溪寺二首

曹溪寺位于安宁螳螂川西侧，始建于宋代，为佛教禅宗六祖慧能大师的道场，是昆明地区高僧大德聚集的中心。

其一

龙山东麓温泉西，峻岭之中汇曹溪。
南有万斛珍珠洒，北接三潮圣水袭。
月映佛胸怀莹亮，泉流神庙定潮汐。
法灯复明照河川，庄介遗碑话古迹。

其二

寻游曹溪山路通，清凉来自远幡风。
庙透禅意源慧能，心有灵犀累老翁。

2020 年 12 月 28 日

观安宁螳螂川畔摩崖石刻

达官显贵爱出头,文人骚客喜风流。
悬崖壁上多历史,舞墨弄笔大名留。
虽说境界差天地,但看文笔各有优。
山水增色江川美,后人指点品春秋。

2020 年 12 月 30 日

信天游·送友人

诗书有缘总相在,倦客信天好安排。
携手赏云高峰处,喜看梅花寒山开。

2020 年 12 月 30 日

醉夜思

众人皆睡,淡月昏如醉。萧瑟寒风雪花悴,老泪点滴落坠。
匆匆过客年晚,无心收拾残岁。滚滚红尘看透,钟情高山流水。

2020 年岁末雨雪时

无 题

隐退江湖居异方,销声匿迹不出山,守拙只为少磨难。
古来豪杰多遭嫉,省去繁华图清静,历经沧桑享平安。

2021 年春初

感悟莫测人生

时事变幻,兴衰总无常。富贵荣华多沉浮,谁把暗中机关?
英豪处处风光,命运个个多舛,哪个永保平安?

2021 年 1 月 6 日

欣赏春秋战国时的两枚钱币

春秋战国传至今,阅尽人间冷暖情。
虽是青铜铸其身,千年修炼已有灵。
锈迹斑斑荣辱路,伤痕累累爱憎心。
货泉流历云和月,精神饱满仍珍金。

2021 年 1 月 21 日

盼望即将来到的辞旧迎新

庚子一年心胆寒,幸赖红旗高飘扬。
妖魔鬼怪随风去,龙腾虎跃国运昌。
众星捧月一条心,独领风骚万年长。
鼠去牛来又逢春,待看新年写华章。

2021年2月1日

立春清晨登大宝盖山

孤家寡人晨登高,回望红尘乱糟糟。
携带竹杖寻知音,遥望润庐雾滔滔。

2021年2月3日

望彩云烟霞共春华

碧蓝空天逢初春,欲将往事换重新。
山堆白雪孤寂冷,暖云羞妆霞色晴。

2021年2月11日

大年初三游戏竟得个"厢"字

情怀满一厢,陶醉欲何往。
泰山多宝贝,只取石敢当。
渠成水自到,佳境渐沧江。
待月在峰巅,迎风好挂帆。
诗书一杯酒,得意须尽欢。
命运得庇佑,家福庆平安。

2021 年 2 月 12 日

辛丑年新春迎牛

辛丑春来早,青青溪边草。
寡年逢勤牛,崭露新头角。
有力耕沃野,无私奉辛劳。
豪气怒冲天,七夕架鹊桥。
银河连寰宇,五星呈吉兆。

2021 年 2 月 12 日

感叹春花落去

偶见春花落,也感枝叶留。
虽然无奈何,天道不可究。
艳丽可夺目,谢衰向谁求。
化泥再养根,来世又说由。

2021 年晚春

清晨诸葛堰观野鸭

野鸭临水立,汀岸留雪迹。
哀草枯树下,霜重凝碧溪。
鱼虾畏寒潜,冷清气浓郁。
荒凉望无际,远山露春意。

2021 年 2 月 18 日

阿石寨凤溪玉叶万亩茶园游览

凤栖山脉绿葱葱,溪流潺潺雾蒙蒙。
玉树临风春雨润,叶芽初发一丛丛。

2021 年 2 月 20 日

潞江坝观景·赞攀枝花

万树红花火炬燃,碧水蓝天春盎然。
男儿本色英雄树,江畔怒放映江山。

2021 年 2 月 21 日

初春园中赏花

春雨催花满园开,婀娜多姿花仙来。
万紫千红慰辛劳,心花怒放喜开怀。

2021 年 2 月 26 日

清明杂感

说成王败寇讲人情如海
思人生不易又何必计较
成功与失败
都可以有无尽的感慨
在这个世界
都创造了过程的风采
不要过多追忆前世过去
不要过多在乎下世未来

清明时节
冷雨纷纷
看多少英雄豪杰才子佳人
过眼烟云
均在青山深埋

在乎的，
应该是初衷不改
留下的
依然是博大胸怀
喜欢的
是气吞山河的豪迈
看重的
只应是人间大爱

2021年3月1日

读《心经》有悟

山泉多品尝,清风吹身爽。
来去自匆匆,君子坦荡荡。
洁身应自好,污浊体不沾。
心若无邪念,灾消福会降。
豺狼奈我何,虎豹远身旁。
名利视为空,业障如何缠。
心静止若水,如何起波浪。

2021 年 3 月 3 日

独自品茗而气定神闲

清茶一杯掌中留,香气迷人眼光柔。
心旷神怡品甘露,闭目养神化千愁。
喜怒哀乐随烟散,春夏秋冬游心头。
阴晴圆缺浮云过,绿水青山映九州。

2021 年 3 月 8 日

游潞江勐赫小镇

雪峰接蓝天,峡谷白云间。
绿野连碧水,彩虹飘逸仙。
荟萃皆美景,田园江两边。
泛舟随波去,龙鱼跃深渊。
世外傣家村,袅袅升青烟。

2021 年 3 月 9 日

龙陵松山祭拜抗日英烈

盘旋行吟望怒江,狂风骤雨忽松山。
万千英烈丰碑起,三叩拜祭天变蓝。
前辈热血染沙场,后人乘凉亦悲伤。
国富民强今又是,告慰英灵在西南。

2021 年 3 月 14 日

拜惠通桥

惠通桥始建于明朝末年，初为铁链桥，后爱国侨领梁金山为抗日捐建改为钢索吊桥，是连接怒江两岸的唯一通道。1942年为阻击日军的进攻，炸毁了此桥，破灭了日军直捣昆明、重庆的企图。1944年滇西大反攻时又重修，进而国军取得了松山等一系列战役的胜利，最终把日寇率先赶出了国门。

一座跨越怒江峡谷的桥
曾担负着民族存亡的责任
把沉重的苦难和希望一肩挑

一座坚贞不屈的桥
抗日的熊熊烈火把她燃烧
虽然伤痕累累却屹立不倒

一座英勇无畏的桥
横空出世铁骨铮铮
如中华民族之精神不屈不挠

经漫漫时空的星移斗转
历风雨沧桑日月普照
看高耸坚毅的惠通老桥
依然美丽妖娆
始终显露出胜利的微笑
一座值得永远铭记的光荣之桥
引无数游人竞折腰
千里万里也纷纷来朝

2021年3月14日

返龙陵观光感慨

匆匆离别二十年，往事钩沉叹风烟。
呕心沥血常感慨，岁月蹉跎无怨言。
总把信仰付操劳，喜将思绪注诗篇。
人生得意游四海，五湖归来忆昨天。

2021 年 3 月 15 日

观天象"三星相聚"而感

  紫金山天文台发布消息，3 月 19 日晚将有一次不寻常的天象奇观出现，有两颗极亮的星星和一轮蛾眉月，在西南方向组成一张"红星笑脸"，形成"双星伴月"的奇景。

天现奇观赞盛世，红星笑脸预期到。
宿五称为追随者，金星显现呈吉兆。
黄龙腾飞正当时，秃鹰衰落被嘲笑。
世纪风云百年变，试看寰宇谁风骚。

2021 年 3 月 9 日夜

春暖花开也有寒

已是春暖又添凉
迎来倒春寒
气候变化多无常
寒冷虐你千百遍
无商量
怎么今又忘
人生在世苦必然
只愿冷暖相当享舒爽
哪有事事顺心升风帆
不经历刺骨潮寒
怎会感恩春的温暖
更何况
远方路还长
还有小寒大寒
加之数不尽的雪雨风霜

2021 年 3 月 22 日

春晨花园品茶二首

其一

清静闲坐心情爽,忆夜有梦客仙山。
荷叶茶水饮几口,闭目神游又潞江。

2021 年 3 月 24 日

其二

清晨忽觉早雾凉,闻风而起乱着裳。
有心山野赏花去,诗情画意还闻香。

2021 年 3 月 26 日

读诗感怀陆游

陆游(1125—1210),字务观,号放翁,今浙江绍兴人。南宋文学家、史学家,著名爱国诗人。

冲天抱负老而终,退尔方知万事空。
建功立业趁当年,老来读诗悟放翁。

2021 年晚春

参观杨善洲精神教育基地

此地为原中共保山地委北汉庄工作点。

油然而生崇敬心,真心实意赤子情。
宗旨贵在履使命,信仰终究需践行。
不求名利图民富,留得精神照汗青。
率先垂范应传承,扎根基层山水清。

2021 年 4 月 1 日

青华海观候鸟

万里迁徙循时返,不辞辛劳情缘缠。
绿水青山总追寻,为谁奔波为谁忙。
翅展宏图累年年,心生念挂泪汪汪。
倦客飞翔借春风,天涯何处是故乡。

2021 年 4 月 4 日

无 题

百战归来气如虹,偃旗息鼓无英雄。
灯下弹剑忆当年,不负年华亦光荣。

2021 年夏初

参观呈贡文庙

薪火相传文脉长,儒学渊源数千年。
民族基因融血肉,黄河不尽永绵延。

2021 年 4 月 8 日

登昆明西山龙门

登高直上九重天,滇海波涌起云烟。
遥望碧水千点帆,东来紫气众山巅。
罗汉峰上群英会,龙门顶端鱼升仙。
与君游览意未尽,紫微宫里话情缘。

2021 年 4 月 10 日

携友登呈贡魁阁

魁星高照大学城,文运昌盛紫气腾。
金榜题名聚英才,群星璀璨拜奎神。

2021 年 4 月 13 日

把玩收藏的宋徽宗钱币有感

宋徽宗赵佶（1082—1135），宋朝第八位皇帝，亡国之君。但又是诗书画三绝的顶级艺术家，特别是其书法独创一体，被后人称为"瘦金体"。

铁画银钩自成体，玉树临风世称奇。
钱留御笔堪称宝，书画传神更品级。
治国无能少评论，翰墨有方多提及。
不爱江山爱丹青，客死他乡实可惜。

2021 年 4 月 28 日

夕照余晖

夕照余晖气不足，人应服老才少输。
梦里虽有当年勇，醒来自觉朽若木。

2021 年 5 月 6 日

放得下

知君烦事忧心忡，愁肠百结伤颜容。
劝君学会放得下，修身养性眼界空。

2021 年 5 月 15 日

悼念杂交水稻之父袁隆平

噩耗传来星陨落，神农驾鹤去西天。
国士功德圆无量，留得大爱满人间。

2021 年 5 月 22 日

渡澜沧江登龙台山·游山顶寺回望永昌

其一

博南隘口西风烈，兰津古渡浪滔天。
万丈崖悬山顶寺，一江澜沧波无边。
飞龙听经能得道，猛虎闻法结善缘。
遥望南国迷茫路，风起云涌阻眼前。

其二

庙内乾坤小，寺外天地大。
行人觉路远，倦客想归家。
几杯苦茶水，一席清凉话。
红墙隔尘事，绿树晒袈裟。
心虚容万事，脑空好教化。
荒野寂辽阔，山顶有宝刹。

2021年5月23日

水寨海棠洼农家乐寻觅

山野翠绿茏，烟雾锁重重。
浪沧兰津渡，清风海棠红。
村落隐林间，农家乐融融。
火腿炒块菌，肥鸡煮松茸。
老酒六杯饮，新米两碗空。
眼耳鼻舌身，均感快意浓。

2021年5月24日

山野雨后趣游

夜来春雨，芳郊野外净无尘，满目青葱满目翠。白云苍狗，蓝天似洗，静谧如画微风吹。

身在苍穹，心在蓬莱，远方略有惊雷，看是蒙蒙细雾闪电摧，人欲离去心还回。

2021 年 5 月 28 日

春夜听雨

老去春梦日渐少，红尘往事模糊了。
偶逢寒夜风雨来，爱听滴答打芭蕉。

附润庐步《春夜听雨》韵而作：

卧听风雨春眠少，孤烟袅袅忆旧小。
半生落落不沾尘，最爱芭蕉雨渺渺。

2021 年 6 月 1 日

重上井冈山感怀

前途茫茫迷雾中，井冈星火照宇红。
领袖联袂建伟业，北斗光辉指路通。
开创局面铸辉煌，奠定基础盖世功。
今日中华复兴时，不忘祭告毛泽东。

2021 年 6 月 4 日

韶山祭拜人民领袖毛泽东

韶山高唱东方红，热血沸腾意深浓。
心系百姓人民爱，忧虑苍生情无穷。
建党建军创共和，救国救民求大同。
千古豪杰谁能比？万世英名贯长虹。

2021 年 6 月 5 日

张家界青岩山见汉张良墓而感怀

张良（前189或前190），字子房，刘邦重要谋士，为建立大汉王朝立下了不世之功，逝后谥号文成侯。张良墓葬地有多种说法，其一为葬于张家界青岩山。

金鞭溪畔碑一方，惊讶留侯此处殇。
叱咤风云曾有时，功成名就隐青山。
荣誉利禄抛身后，修道寻仙守荒凉。
一拜二拜表敬意，当今只吾记张良。

2021年6月5日

游张家界国家森林公园

天门山开人间景，武陵风光甲天下。
鬼斧神工惊九州，自然造化誉华夏。
天生桥上度朝晖，御笔峰尖点晚霞。
山峦叠嶂三千里，云海翻腾万丈崖。

2021年6月7日

观南海风云变幻

南海乌云密，狂风掀巨浪。
列强倾巢出，领海欲挑战。
鲸鹰巡海空，雄狮守国疆。
天罗已布就，地网已张扬。
东风枕戈待，随时斩豺狼。

2021 年 6 月 11 日

慕名晨游昆明昙华寺

金汁河畔翠玉浓，昙华寺里碧水蒙。
层出不穷景中景，径回路转许几重。
高僧大德曾欢聚，名士贤达常迎逢。
奇花异草喜此地，瑞应塔上望彩虹。

2021 年 6 月 15 日

看庭院小鸟

静坐书房观庭院，小鸟飞落水缸边。
从容自若解口渴，嬉戏打斗花丛间。
别处流浪多风险，此地为家即安全。
与吾相伴情可系，和谐共处谊久天。

2021 年 6 月 18 日

同学聚会

卅年同窗相逢，忆群朋。喜得今朝欢聚一堂共。风华情，千秋意，万年红。乐融融互谑老态龙钟。

2021 年 6 月 20 日

昆明官渡宝华寺

宝华寺（也称隐龙山），位于滇池边的官渡区六甲，为明代云南禅门巨匠——临济古庭祖师弟子净伦法师所建。

蛟龙隐藏碧池中，金瓦红墙庙宇宏。
无山有峰藏于心，有波无浪祥和风。
阿弥一声八方谧，安然天下四海同。

2021 年 6 月 24 日

雨夜杂思

夏雨有声惊夜梦,醒来无奈忆往事。
老去身好空闲散,坐起挑灯又吟诗。

2021 年 6 月 25 日

叹南唐后主李煜

李煜(937—978),南唐中主六子,961 年继位称后主。宋太宗灭其国,978 年在其 42 生日时,毒其命后封吴主葬洛阳邙山。被尊为艳词开创之宗师。

江南一隅苟偏安,金陵不敌肉袒降。
为君寡思治国策,醉拥红翠艳词香。

自取其辱还由己,屡借妃寝情更伤。
怎怨故国堪回首,只因曾是风流王。

2021 年 6 月 26 日

庐山仙人洞

庐山是各种教派很早的汇聚地，而且并不互相排斥，这十分难得。就是仙人洞里也可看出，如佛、道教等的一些称谓上，也是混沌不分彼此……

仙人洞形如太极，天地半分是阴阳。
修身运气体已轻，养性无念心飞翔。
祖师传道老君殿，洞宾修炼佛手庵。
游仙石上升天去，观妙亭里参吉祥。

2021 年 6 月 29 日

庆祝中国共产党百年华诞二首

其一

山河破碎沉没中，救国救民迷雾浓。
历经磨难见曙光，前赴后继路寻通。
开天辟地震天响，镰刀锤头遍地红。
改天换地在人间，华夏复兴百年功。

其二

百年奋斗铸辉煌,越挫越勇愈坚强。
华夏复兴民族梦,党领红船又起航。

2021 年 7 月 1 日

一念去赏荷

书斋久坐,隐感夏雨落。心念青华有清荷,莫把花期错过。
人生选择太多,茫然不知所措。幸福就是不悔,神仙知足常乐。

2021 年 7 月 4 日

独醉问苍天

大千世界人过客,岁月匆匆秋满霜。
昔日风光已不在,如今人老珠已黄。
老夫不堪忍风凉,谁与我共醉夕阳。
默默自语问苍天,哪个能够寿无疆?

2021 年 7 月 15 日

赏余晖夕照·送国儒兄

无欲则刚天地傲，心平气和乐同道。
未解红尘博一笑，醉看夕阳余晖照。

2021 年 7 月 16 日

观赏收藏的民国时期珍贵纸币

帝制推翻百年长，赏析纸币多感叹。
张张浸透血和泪，斑斑痕迹悲与欢。
满洲耀武日疯癫，金圆狂涨蒋灭亡。
天安门上国旗升，残兵败将遁台湾。

2021 年 7 月 18 日

为杜经寿青华海摄影作品题

一点精灵碧水飘，千姿百态鸟中骄。
留住青华好风景，定格莲蓬翡翠妖。

2021 年 8 月 16 日

晨曦看花

庭院花开七八枝，秋雨昨夜清洗湿。
心怜花瓣落满地，早醒来看更风姿。

2021 年 8 月 7 日

静谧养气

平静如水守福田，四方天井养浩气，生活一片小天地。
胸中日月明伦理，眼里寰宇大无极，安身立命亦如意。

2021 年 8 月 10 日

输赢无常

万事皆有定数，变化本来多端，吾输可是福德。
他赢也即祸基，望云由否降雨，春日正好迟迟。

2021 年 8 月 13 日

鉴赏收藏的"兴朝通宝"

兴朝通宝,是农民起义军孙可望入滇以后,于清顺治六年(1649年)称东平王时期铸造的货币,是南明最后的货币(还有大顺币),开创了滇派币的风格,对后世影响深远。

兴朝不兴理应当,大顺不顺孙可望。
农民造反终难成,留得铜币得欣赏。
古朴遒劲分量足,滇派风格千古传。

2021年8月14日

无　题

阅尽枯荣,见多兴衰。
盛夏残冬,春去秋来。
无动于衷,但得痴呆。
并非麻木,不愿敞开。
心有感应,是非心栽。
夫欲悟道,看透外界。
喜怒哀乐,呜呼快哉!

2021年8月15日

二十年后又读《红楼梦》感叹

老少读红意不同,少是情缘老是空。
一部人间荣辱史,几回诗评泪蒙蒙。
读罢掩卷双目闭,悟后始觉万归宗。
顽石点头越千年,后人欢悲皆说红。

2021 年 8 月 23 日

为病逝的同事而伤感

正值中年何其亡,老夫每闻生悲伤。
音容宛在人谢去,壮心不已忧歌长。
退休福禄尚没得,天伦之乐还未享。
欲哭无泪多感慨,为有惋惜烧炷香。

2021 年 8 月 31 日

读《宋史·太祖本纪》有感于赵匡胤传位之谜

斧声烛影新局开，传位记载颇费猜。
陈桥兵变篡位时，黄袍加身心徘徊。
但得大统无战事，换有中兴繁荣来。
可惜崖山魂魄断，纵然元兴也可哀。

2021 年 9 月 11 日

解甲归田即舒心

宦海归来心甚安，波涛沉浮鬓染霜。
左躲右闪避暗箭，一心一意行好船。
回看百千溺水去，剩得几个登上岸。
心安理得享福禄，无忧无虑赏夕阳。

2021 年 9 月 15 日

满园秋色

吾园多栽竹与兰，满目彩色闻秋香。
四时八节诸君陪，何感一人有孤单。

2021 年 9 月 16 日

中秋说香

中国的香文化，始于春秋，成长于汉，完备于唐，鼎盛于宋，直至普及民间，成了华夏民族文化的一部分，以"香"关联的成语典故更是名列前茅。

闻香识道境界高，烧香拜佛心愿好。
燃香烹茶品人生，添香红袖祈月老。
焚香书房春盎然，点香朝堂雾缭绕。
暗香疏影中秋近，怜香惜玉愁绪消。

2021年辛丑中秋

深秋叹天凉

秋风过眼满怀情，愁云带雨步履轻。
花好月圆中秋过，凉爽随意慰寂心。

2021年9月21日

老夫之梦

幸福就是岁月忘,健康平安欢满堂。
返老还童失心机,心平气和有意憨。
少灾少难少痛苦,无忧无虑无悲伤。
但愿生命有质量,无疾而终去天堂。

2021 年 9 月 23 日

诸葛偃秋意

湖上秋来烟意消,潇洒雨过花萧条。
鱼肥雁飞寒潮近,游人赏景水莲桥。

2021 年 9 月 24 日

四十年前的军用挎包

偶然间
从家里翻出一个包
眼睛一亮
记忆瞬间如潮水般涌出
哇　是草绿色的军用帆布包

曾经的时光里

青春焕发着光彩
挎包搭肩垂在腰
一根皮带扎得牢
如果是崭新的
如果是军用的
那还可以四处去炫耀

这是时尚青年的象征
这是红色战士的风标
背着它战天斗地
背着它上山下乡
背着它到工厂到学校
背着它进城高考
背着它走进教室图书馆
背着它在人生的风雨里奔跑

哦　大家是否想知道
包里装的是什么
装的可是青春的理想
装的是不竭的力量
装的是风华正茂的美好
装的是无所畏惧的骄傲
哦　我的包
值得永远铭记珍藏的包

2021 年 10 月 1 日

读明永乐帝朱棣传有感

燕王朱棣（1360—1424），即明成祖，是明朝第三位皇帝，朱元璋第四子。他于建文元年（1399年）发动靖难之役，从侄儿手中夺得了皇位。但却又开创了崭新的社会局面。

争议不断几百年，实是豪杰图霸王。
原以削藩必长久，后有大统固江山。
名正言顺虽不是，破旧立新济沧桑。
能者为皇可中兴，千古几帝能辉煌。

2021年10月9日

无涯苦作舟

桃李芬芳馥郁，池泮金水成溪。
文脉传承万古，尊师重道千禧。
回首众多践行，唯此尚为满意。

2021年10月10日

立秋登五台山有悟

陶醉大江

大江何处来，银河泄天外。
星光映碧色，呼啸雾霾开。
飞龙舞寰宇，气势压尘埃。
恩泽普天下，养育共慈怀。
奔腾永不息，终将入沧海。

2021 年 10 月 10 日

观《长津湖》电影赞英勇志愿军

王牌对决长津湖，中美血战分雌雄。
虎贲怒吼敌胆寒，熊罴气馁驴技穷。
百年立威雪耻辱，一战成名震苍穹。
将士血染旗愈红，保家卫国建殊荣。

2021 年 10 月 16 日

忆访马达加斯加

应马国前总理邀请前往,有心达成双方合协议,帮助其培养人才,共建珠宝学院,但他们无法履行承诺,遂不了了之。

万里迢迢在天边,腾云驾雾去来归。
珠光宝气蔽日月,地老天荒台风吹。
有心成就洪福事,无力回天叹几回。

2021 年 10 月 23 日

洛龙河巡景

野草遍丛生,残荷挂莲蓬。
清晨多鸟语,脸颊少微风。
垂钓喜静谧,徐行爱随淙。
鱼游起波纹,云飘遮日红。
幻觉迷时空,忘吾在洛龙。

2021 年 11 月 1 日

回复桃源兄

人生何处寻芳草，踏遍天涯客倦老。
心有余力思韶华，愿舞长袖去海角。

2021 年 11 月 2 日

怀念张铚秀将军

1996 年 10 月初，有幸陪同昆明军区原司令员张铚秀将军及其夫人丁亚华（晚清爱国名将丁汝昌曾孙女）一行，考察了龙陵松山抗战遗址等。

将军解甲来看山，松山抗日旧战场。
激情澎湃英雄气，豪言壮语将士狂。
指点江山少暮色，评论遗址多感叹。
年轻气盛笑当初，老泪纵横怒水寒。

2021 年 11 月 3 日

散步于白龙潭

每随晨曦伴云霞，但无杂念看梳妆。
五光十色相辉映，七彩斑斓林叶霜。
国色天香尽美颜，人间或许有天堂。

2021 年 11 月 4 日

捞渔河湿地观景

与鸥相约又亲临,滇波浩渺入画屏。
云水苍茫慰尘风,海晏河清伫沙汀。

2021 年 11 月 5 日

敬赠老乡校友孙汉董院士

孙汉董,1939年11月生于保山,世界知名植物资源和植物化学家,中国科学院昆明植物研究所所长,保山学院客座教授,中国科学院院士。全国五一劳动奖章、国家科学技术进步奖二等奖获得者。

少小离家乡,志攀高峰。历经艰辛求真知,终得仙草救苍穹。功德颇丰。
有菩萨心肠,盖世奇功。老骥伏枥志千里,灯火璀璨明星空。气贯长虹。

2021 年 11 月 15 日

人世之桥

山高水长路千条，春风得意化为桥。
奋发有为思突破，初心梦想欲冲霄。
生老病死皆难度，功名利禄却好调。
遇壑架桥万般苦，乱云飞渡望月遥。

2020 年 10 月 16 日

高原看云

看云在云南，云落云飞起。
云来云又往，云散云又聚。
色彩呈斑斓，形态多各异。
卷舒极自如，飘逸不定居。
应是无心时，方可大欢喜。

2021 年 11 月 18 日

何证吾在

吾思故吾在,吾在亦常态。
灵肉合一体,双修心不坏。
魂魄可永生,躯壳时淘汰。
人生多轮回,往生又何在?

2020 年 11 月 20 日

残　荷

也曾花容貌美时,群芳争艳如醉痴。
等到成熟已凋零,只留莲子待鸟吃。

2021 年 11 月 23 日

读书·藏书

阅读犹似入海洋,浩瀚世界任来往。
古今中外可亲临,时空穿越随意翔。
心中有道境界升,家里多书财富藏。
博览但使眼界阔,书籍为舟达彼岸。

2021 年 12 月 2 日

人生说苦

苦多乐少，人生常态。
避而不及，但何以待。
身体痛苦，命里所带。
心灵折磨，千奇百怪。
生离死别，万般无奈。
生老病死，自然淘汰。
己不传苦，内不移外。
苦中取乐，超然看开。
心无旁骛，神仙脱胎。

2021年12月3日

大雪感怀

大雪欲飞影无踪，但觉寒冷伴西风。
孤寂伫立枯树旁，偶听远方几声钟。

2021年12月7日

游览光尊寺

　　光尊寺位于保山板桥镇五凤朝阳山，建于唐天宝二年（743年），是滇西元明以来，集佛儒道三教合一的规模最大的庙宇，又曾是滇西抗战时的远征军司令部所在地。

背靠澜沧向高黎，古刹名寺风光奇。
出世入世过幽关，来时去时闯玄机。
三教并立分流九，万法归宗合为一。
只叹无常常相随，笑看有为为了谁。

2021 年 12 月 7 日

毛泽东诞辰 128 周年感言

每到此日心相同，举国怀念毛泽东。
满天星辰北斗明，亿万共唱东方红。
百姓不忘大救星，人民永记润芝公。
恩情似海无以报，鲜花只献韶山冲。

2021 年 12 月 26 日

滇池睡美人

碧波荡漾摇残寒，美女晨曦懒梳妆。
沙鸥万里报春来，暖风一池皱星光。
豪杰朝气啸江湖，英雄暮色看沧桑。
美人江山谁更爱，少年心意羡鸳鸯。

2021年12月26日

林间晓行

清新自然野味足，进入山林香气扑。
归隐三年品闲淡，始觉今朝真是福。

2022年元月10日

咏空谷幽兰

雅兰居深山，空旷喜寂寥。
绿野云雾笼，红霞映拂晓。
溪流蜿蜒过，但看牧与樵。
远离浊恶气，宜伴烟雨霄。
值此凝清香，只缘幽谷飘。

2022年1月20日

飞翔之梦

云山四面，
梦里思飞天。
浩瀚宇宙星辰烁，
直上青云宫殿。
翩如惊鸿丽蝶，
宛若游龙凤卷。
来去自如切换，
穿梭太空云间。

2022 年 1 月 25 日

耳顺之状态

无事还作有事忙，半世艰辛说甚伤。
忙时总盼能得闲，闲暇常忆少年狂。
眼观六路多恍惚，耳听八方皆虚妄。
风花雪月难言雅，下里巴人更觉欢。

2022 年 1 月 26 日

寒冬河边晨行

萧瑟天地寒,冰河流淌缓。
冬寂鸟无声,水冷鱼失欢。
阴雨溪畔洒,乌云遮阳光。
老桥枯树边,败叶小路旁。
风霜雕玉兰,待听春雷响。

2022年1月30日

游晨农印象

风和日丽暖烘烘,野外山村春融融。
城里不知农家乐,还盼花开在梦中。

2022年2月1日

赞中国女足

所向总披靡，
铿锵玫瑰，
巾帼英雄勇于先。
女娲补天今又是，
凤飞峰巅。

看渣男懦足，
一塌糊涂，
颜面扫地如此贱。
屡战屡败几十年，
人恨无边。

2022年2月2日

打卡网红海晏渔村

沧桑渔村今网红，纷至沓来看彩虹。
新旧交替越千年，存亡绝续传承中。

2022年2月3日

读唐继尧诗集感慨

唐继尧(1883—1927),云南会泽人,晚清秀才,滇军创始人与领导者,滇系军阀。唐与蔡锷首率重九起义,任护国军总司令、八省联军总司令、云南督军兼省长。

谁说英雄诗文狂,风云际会亦敢当。
义旗两举神州动,兴滇几策功德长。
称霸西南成军阀,逐鹿中原败归还。
东陆沉浮怎由他,抑郁而终情太殇。

2022年2月6日

呈贡梅子村再寻觅

鸿爪留泥寻无迹,乱石能言万劫奇。
乡情从此魂梦断,三台览胜仰天泣。

2022年2月11日

大学毕业四十周年感悟

学有所成略华才，顺势而为向未来。
风华绝代好立业，岁月蹉跎不徘徊。
愿成白云升天空，想化甘露润尘埃。
时光无情催人老，赢得沧桑好抒怀。

2022 年 2 月 15 日

无　题

无事忆从前，
踪影多在田野间。
跋山涉水觉舒服，
知情知苦倍感甜。
而今已有闲，
周公蝶梦反转连。
天伦之乐看月圆，
心安理得享晚年。

2022 年 2 月 15 日

偶然翻得1977年高考准考证感怀

以为溪流已容身，怎知时空浩瀚哉。
跃过龙门上青云，顺势而为达沧海。

2022年2月22日

倒春寒聚友

春暖花开乍凉回，
天降寒气北风吹。
忽然冰雪落山川，
冬衣寻觅躲深帷。
酒又开，
重赏梅，
好友相聚再举杯。
冷暖自知别怨谁，
今夜醉梦归不归？

2022年2月28日

今夜无眠

悠然自得也无聊，旧书翻罢棋闲敲。
晚钟传来心迷茫，早霞看见情如潮。
长夜漫漫多梦吃，去路迢迢孤灯摇。
岁月蹉跎霜满头，青春不再负今朝。

2022 年 2 月 28 日

见初高中学生证而感怀往事

往事历历在目，如何随风飘散？
五十春秋如梭，人生易如反掌。
当时鲜似朝露，而今暮色苍茫。
虽说夕阳也红，感叹唯有感伤。

2022 年 3 月 5 日

欣赏收藏的古铜印

藏得红铜章一方，古香古色裹包浆。
内者舍印盖春秋，外观俊美似潘安。
玉树临风巡朝野，逍遥自在潜边疆。
而今结缘得相识，安心陪吾于书房。

2022 年 3 月 10 日

友聚醉东山

半生博弈，
皆输赢。
一纸公文，
成退翁。
月亮只有十五圆，
花开也无百日红。
少年意向，
老来空。
日月如梭，
去匆匆。

2022 年 3 月 21 日

春山雨中行

雨后山空灵，独自深林行。
蜿蜒路奇异，峰峦叠翠亭。
青山重仁厚，烟云似薄情。
湿风润燥腑，泉水洗郁心。
觉自己渺小，顿感一身轻。

2022 年 3 月 27 日

赞商鞅变法

商鞅（前390—前338），卫国人，战国时期政治家、改革家、思想家，法家代表人物。在秦国实施改革，使其强大，为秦国最终统一六国奠定了基础。

法家有大才，
等闲书生，
为强秦国舒胸怀。
敢为人先施变法，
鬼使神差。

寒梅独自开，
粉身碎骨，
铸华夏一统血脉。
看春秋七国争霸，
继往开来。

2022年4月2日

看名片兴叹

名片万千满天飞,雁过留声空中行,烟云散聚话衰兴。
时空穿梭交内外,物是人非薄厚情,春风化雨结缘心。

2022 年 4 月 3 日

人生如寄·赠友人

人生在世无凡胎,风霜雨雪几沉埋。
一帆风顺事难成,历经沧桑登高台。
意愿方略自谋划,成功与否天安排。
此生如若不满意,下辈有志再重来。

2022 年 4 月 4 日

梦游终南山

孤独成习惯使然,难入红尘琐碎烦。
清淡难圆欢愉梦,苦涩容易抱缺残。
此生拟定寂寞老,终南修行亦平凡。

2022 年 4 月 22 日

谷雨偶成

浮生大梦竟为何，天道酬勤尽蹉跎。
自以为是事想成，痴望踏遍好山河。
幼时无邪忧他少，老来有意嘲自多。
荣华鼎奖谁注定，龙渊阁里定风波。

2022 年 4 月 23 日

夜读王阳明《传习录》

挑灯看书味品尝，赖得早年学华章。
热血渐冷难沸腾，隐退山中心感寒。
格物致知再反思，知行合一又相忘。
糊涂不闻山外事，应学耳聋眼亦盲。

2022 年 5 月 1 日

又说乡愁

乡愁何时了，到老更不少。
山清还水秀，甜润空气飘。
青梅弄竹马，印记早入脑。
忆来口水淌，美味是佳肴。
音语倍感亲，心灵去烦恼。
磁场已熟悉，定位终不消。
远离千万里，梦里常萦绕。

2022 年 5 月 3 日

夏日荣华

大地翠绿高天蓝，万物荣光日照长。
风华正茂雨滋润，逍遥自在看江山。

2022 年 5 月 5 日

此生迁徙命

忽东忽西走天涯，岁月如流何处家。
萍踪蝶影居无常，潮起潮落浪淘沙。
惯听风雨交响乐，偏爱江边木棉花。
游子漂泊本无奈，邀友纵酒迎盛夏。

2022 年 5 月 7 日

戏谑退休老友

老来无用度残年，切忌话多万事争。
如今人微言亦轻，几斤几两何必称。

2022 年 5 月 9 日

墨趣静赏

淡墨浓烟云飞时，天女散花落迟迟。
清风雅阁拂疏影，润庐烹茶香满室。

2022 年 5 月 16 日

难忘师生情

弹指之间五十年，师生有缘情谊连。
辛劳育苗培良材，桃李芬芳献尊前。
三春朝晖映彩霞，一腔热爱化清泉。
江河长流波涛涌，先生德高寿如仙。

2022 年 5 月 20 日

蓬门疏影·寄友

东奔西跑人无踪，蓬门常掩客未拍。
鸟语花香静修行，灯红酒绿多不爱。
诗书翰墨与谁谈，茶酒菜饭等兄来。
尘世看透尚可喜，梦续他乡常自哀。

2022 年 5 月 25 日

欣赏"竹林七贤"玉雕

　　竹林七贤,是指西晋初期以阮籍为首的七位名士,他们是当时玄学的代表人物,主张老庄之玄学,常聚竹林斗酒清谈。

　　　　趣味相投常聚首,清静无为隐竹林。
　　　　高谈阔论学老庄,饮酒纵歌抒豪情。
　　　　来自五湖诉衷肠,云游四海求安心。
　　　　壮志凌云图逍遥,文风千古延至今。

　　　　　　　　　　　　2022 年 5 月 26 日

怀　友

少年好友去无踪,
历经风霜爱恨中。
孤芳情形轻别离,
顾影自怜各西东。
人生短,
难相逢,
怕忆旧事忧心忡。
落叶飘零应归根,
秋风秋雨拜祖宗。

　　　　　　　　　　　　2022 年 6 月 3 日

青华海偶得

江山如画任吾游，心安理得乐悠悠，人生得意勿贪求。
多少人物收桑榆，失之东隅洞中囚，痛苦最是不自由。

2022 年 6 月 5 日

喜有半日闲

此地福寿处，说法有真趣，开悟甚微妙。
空虚当成住，启智闻道来，养心吃茶去。

2021 年 6 月 16 日

忆善洲老书记捐款保山一中

一生热诚只为民，两袖清风好弹琴，身无长物唯有情。
细流涓涓入江河，人才济济万象新，青青子衿悠我心。

2022 年 6 月 18 日

春秋感叹

人生路迢迢，
梦断烟消，
半世蹉跎即英豪。
江河日下休叹恋，
涨潮落潮。

既然选登高，
爱恨兼交，
雪雨风霜谁相邀？
酸甜苦辣显逍遥，
独领风骚。

2022年6月25日